是旅行 也是人生

Victoria 楊逸晴 著

目錄

第四章 關於離散

第五章 關於遺憾

第六章 都是過程

願我們一路走來，都能當個有靈魂的人。

序——生命是一趟屬於自己的旅行

我確實是想了好久好久才下筆。

我實在不知道該從何說起。又或者該說，我不知道如何把過去的年月裏，我對於旅行的所有想像與現實以及對於人生的所有感悟與迷思，用最自在卻又不過於流水帳的方式書寫出來。

思前想後，我還是決定以二零一五年的那趟南美洲旅行作起始，因爲那是我人生第一次獨自背包長途旅行，亦是我之所以會經營臉書專頁、之所以會第一次在網絡上發佈遊記的原因——那是這一切一切的開始。然而，那時候的我實在沒有想過，那樣的一次隨便書寫，會是我重新愛上文字的契機，亦是我一路寫旅行散文到現在的來由，甚或是今天這本書出現的原因。

我翻開了那本破破爛爛的舊遊記本子，從我寫的第一篇旅行散文開始，把當下的文字重新閱讀了一遍。我才發現原來這九年裏，我也不知不覺被刪刪改改了許多。我在莽撞裏走過了許多地方，也在混沌裏努力工作了好些年，從一個在網絡上大聲叫喊著「世界是一本書，不旅行的人只讀了一頁」、總是無所畏懼的大學生，走著走著，我好像成為了每每都在提醒著自己「別太過安分，切忌麻木，要當一個有靈魂的人」的大人。

但我並不懊悔這樣的成爲。因爲一路走來，我似乎更知道適合自己的生活長怎麼樣。在整理文字的過程中，我亦更確定我依舊是那個老我——那個很喜歡旅行、攝影、文字與音樂，努力想活成自己喜歡的模樣的我。

我一路的書寫，一路的理順，也一路的收穫。我好像看到了迷失、嚮往、遺憾、追逐、聚散與無常也都是常態；亦看到了日子匆匆，千姿百態，似乎我並沒有被世界粉碎，還能一步一步的走到現在，也是值得記下的一件事。

於是我在想，也許生命本來就是一趟屬於自己的旅行——我們會遇見各式各樣的人，也會遇見各個面貌的自己。只是日子並不會一直都璀璨奪目，卻也不會一直都滿目荊榛。我們都會迷路、遺失、追逐、離散、失落，也會抱有遺憾。但走到最後，其實一切都只是過程。我們都只是彼此的過客，恆河沙數裏的一顆微塵，但又每一顆微塵都獨特，熱切過日子，還是會各自散發著光芒。

謝謝旅行，讓我看得見世界之大，也感受到自己的平凡。謝謝文字，封存了當下的種種情愫，讓我得以二度品嚐那些確切存在過的念頭。

也謝謝你們，願意閱讀我如此驕縱狼藉的青春。

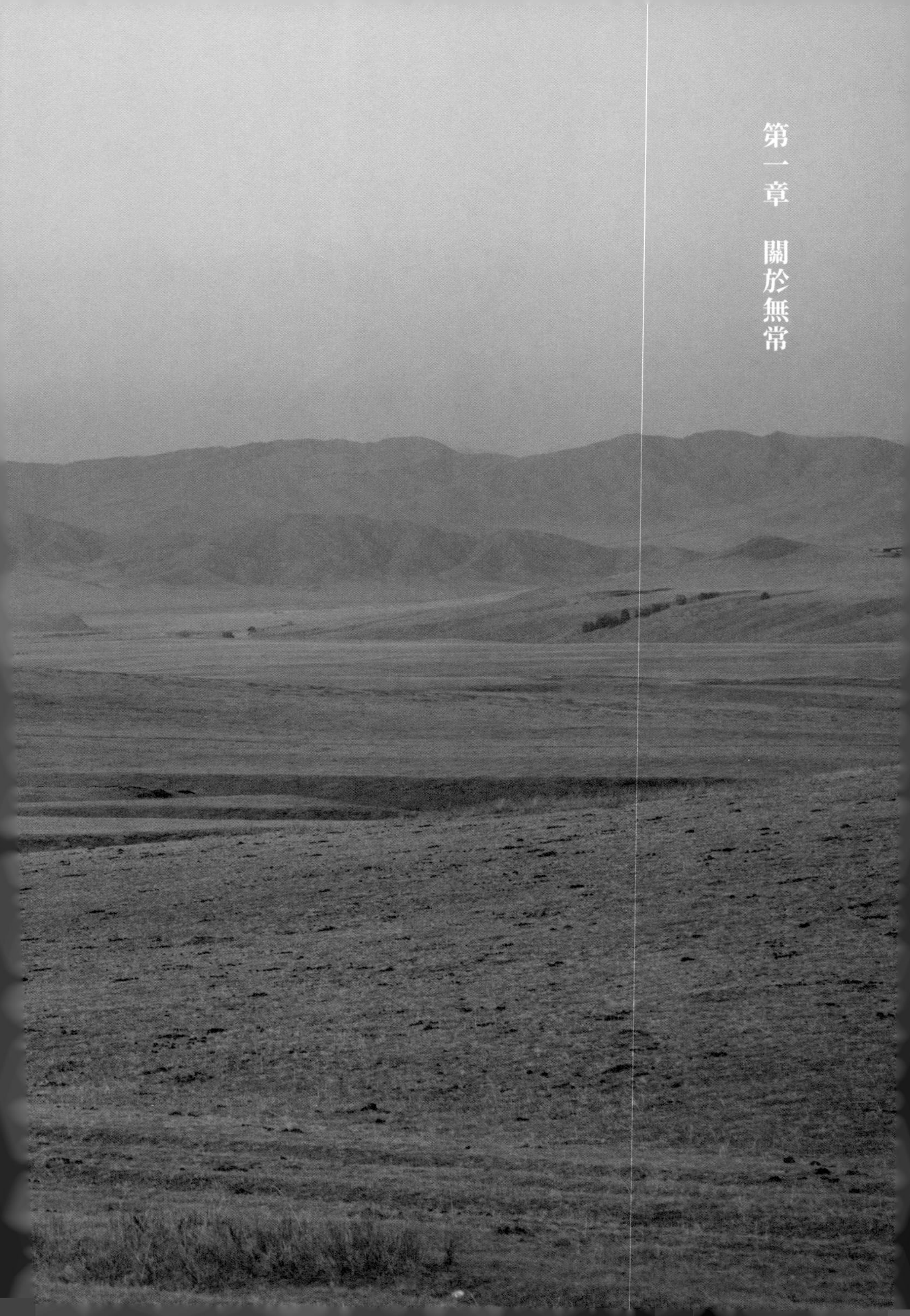

第一章　關於無常

倘若所有遺失的本質都一樣，
又或者說，生命中太多東西都會突如其來地失去，
那我只希望我能一直都這樣——
在所有的失落之中，還能抱有這麼一點點對生活的熱切；
在所有的遺失過後，依然選擇相信生命會以另一種方式讓我獲得。

還是選擇相信，
所有的遺失，都會以另一種方式回來

原來一切也是從遺失開始。

1

「對不起，登機閘口已經關了。」

二零一五年，那是還可以揮霍青春的年紀，我買了一張從香港飛往南美洲最便宜的單程機票，從香港先飛到美國洛杉磯，再從洛杉磯坐內陸機到奧斯汀，從奧斯汀再轉機飛往南部城市休士頓，再從休士頓南下到秘魯的首都利馬。

南美洲，是我那時候的夢。已經不太記得箇中原因，好像是因爲看過一本書，又或是覺得那裏的地方名字聽起來陌生又遙遠。

我倒是記得很清楚，從香港往洛杉磯那十多小時的航程，我完全睡不著。那時候拼命找辦法讓自己入睡，但也許就像生命裏的很多事情一樣，越希望它能如願發生時，它就越不會發生。

現在回想起來，那種狀態也許像是小時候，因為特別期待明天的學校旅行而捨不得入睡一樣。畢竟那一趟旅行，是我第一次獨自遠行，亦是我人生至今去過最長的一趟旅行。

到達洛杉磯機場後，才被告知因爲滂沱大雨，前往休士頓的那班飛機延誤了。結果，飛機抵達休士頓時已經是下午四時十五分，而我要坐的下一班飛機的起飛時間是四時三十分，就只剩下十五分鐘而已。於是，我拼了命的狂奔去前往利馬的登機閘，只是事情並沒有如我所願，地勤職員看到跑到嘴唇發白聲音微弱的我，也只是冷冷地說了一句：「對不起，登機閘口已經關了」。

於是，我錯過了那班從休士頓飛往利馬的航機。

閘口旁邊的航空公司櫃檯，有一條長長的人龍，排隊的都是因爲飛機延誤而被耽誤了行程的乘客。我旁邊站著一個雙眼通紅的女生，哭著對地勤人員說，她一定要在今天之內抵達德國的慕尼黑。那時候我覺得自己很幸運，因爲我實在不急於抵達秘魯，也沒有甚麼不能錯過的行程。那大概是我這些年一路旅行以來，第一次很深刻地覺得，原來有些時候，沒有計劃就是最好的計劃。

想著想著，我終於排到櫃檯的面前了。航空公司職員卻說這幾天的機位相當滿，若要坐直航機去利馬的話，五天之後才有機票。就這樣，我無可奈何地選擇了先坐飛機到巴拿馬，從巴拿馬轉機去哥倫比亞，再從哥倫比亞飛到利馬。

機票手續辦好了以後，我在不遠處找了個位置坐下來。還記得那裏坐滿了航班被延誤了的乘客，有幾個熱情的美國人突然開始訴說著自己的行程，旁邊有些人於是開始搭話。就這樣，漸漸地，我知道了在這一群人當中，有些人飛阿姆斯特丹，有些人飛英國，有些人飛紐約；也知道了在這一群人裏，有些人背包旅遊，有些人回國探親，有些人出國度假。

沒有想到的是，明明我們都走著不同的路，明明我們都互不相識，但在這一刻，都是同路人。

2

「對不起，你的行李不知所終了。」

就這樣，我在休士頓機場睡了一個晚上。第二天清早，搭上前往巴拿馬的航班，途經哥倫比亞抵達利馬。

航機抵達利馬時，天色已經入黑。我穿著媽媽借給我的紫色風衣，揹著那時候剛買回來的防盜相機包，辦好入境手續後，駐足在行李輸送帶面前，默默地等待我的托運行李。只是等了又等，三、四十分鐘都過去了，行李輸送帶上的顯示屏寫著「所有行李已經送達」，只是我的托運行李——那個藍色的 Osprey 大背包，還未出現。

「對不起，你的行李不知所終了。」我用了二十分鐘排隊後，行李服務櫃檯的職員冷冷地對我說。

「甚麼？」我一臉迷惘。

那是一段回想起來其實很虛幻的時光，我近乎都忘了我在行李服務櫃檯旁邊坐了多久，好像僅僅是幾分鐘，又好像是一整個晚上。只記得那時候讓我最想哭的，是用了四十多個小時繞過半個地球後，很渴望能洗個澡換一下衣服。但原來，看似這麼基本的需要，在行李不知所終以後，都無法被滿足。

只記得我獨自坐在那兒，看著遊人都三五成群一一散去，突然覺得空氣都很冰冷，就連影子都是孤獨的，我卻欲哭無淚。於是我閉上眼睛對自己說，我需要用盡渾身的所有力量，去抵擋這份不安——這份在陌生國度丟失行李的不安。

於是我又回到行李服務櫃檯處。

「留下你的姓名跟電郵地址吧。」職員依然冷冷的。

「填好了就在這裏簽名。」他又從抽屜裏拿出一張全用西班牙文寫的表格，木無表情。

「一般來說，像我這樣的情況，要等多久才會找到行李呢？」我強忍著眼淚，小聲地問。

「這個我回答不了。」他一邊搖著頭，一邊揚著手示意我是時候讓開，好讓他處理下一位旅客的問題。

他的冷漠讓我一時之間反應不過來，那時候我其實還想對他說，我後天就打算離開利馬了。但看到他不耐煩的樣子，我還是慢慢地轉身離開了。

只是我才往離開的方向走了幾步，他又忽然拋下了一句：「你從洛杉磯飛利馬，居然轉了四次機？前前後後去了五個機場？」大概是剛剛從電腦系統裏看到我的飛行記錄。

「是的。」我淡淡地回答。

「我嘗試逐個機場替你聯絡吧。」他也淡淡地說。

明明他的語氣都是淡淡的，但他突然說要替我尋找，我一下子反應不過來。還記得我看著他，突然有點想哭，並不是因為遺失行李，而是因為他這麼說，我像是突然地得到了一個擁抱，也像是突然地看到了一束光。

在兩手空空離開機場的路上，我一直在想，到底這樣的狀態會不會在我生命裏一直重複。又或者說，會不會其實在很多失落的時候，我需要的，就只是像這樣的一把鑰匙、一句問候的話、一個理解的擁抱，然後突然之間，就好像不那麼在意了。

3

「對不起，還是找不到你的行李。」

「如果世界上真的有黑洞，那我的行李應該掉到黑洞裏了。」二零一五年六月十八日，我在日記本子裏寫下了這一句。

三天過去，我的行李卻還是消失得無影無蹤。「對不起，還是找不到你的行李」，是航空公司每一次在電話裏頭的回答。

本來，我還以爲自己算是一個容易調整心情的人。但每次想到自己落魄得連內衣褲也沒得更換，然後身邊滿是聽不懂我想買甚麼的人時，又頓時覺得很無助。

那幾天，我好像都有外出吃飯，亦有在青旅附近購買一些基本衣物，但每每聽到航空公司說還未找到我的行李時，我又會繼續難過。只是我又不甘心行李就這樣不見了，甚至有想過不再繼續行程，繼續留在利馬，待我的行李回來身邊為止。

我突然覺得自己好像失戀，一邊回憶著行李內有甚麼，就去買甚麼，又不停地對自己說，是時候放下了，別讓小事而生的難過掩蓋旅程的快樂。

直到有這麼一刻，我再也耐不住自己的頹廢了。我很渴望傾吐，只是我身邊都沒有對象，於是我開始了書寫——我開始一字一句的，赤裸裸的，用文字傾吐我的無助。而就在那一個晚上，我在網絡上發佈了我的第一篇旅遊散文。

在發佈文章的那一刻，我才發現，原來在我開始懂得把感受轉化成為文字的時候，我就好像慢慢釋懷了。原來書寫，本來就是一個釐清與接受的過程，釐清那些難以言喻的情緒，梳理已經發生了的事情，好讓我能一步一步地接受不如願都發生了這個事實。

然而當下我沒有發現的是，原來那樣的一次隨便書寫，並不只是當下的釐清與接受而已。原來那樣的一次隨便書寫，亦經年累月地造就了今天的我——一直寫旅遊散文到現在的我。

想到這裏，我渾身起雞皮疙瘩了。

這樣看來，遺失行李好像也不算是太壞的事？

所以我在想，倘若所有遺失的本質都一樣，又或者說，生命中很多東西都會突如其來地失去，那我只希望我能一直都這樣——在所有的失落之中，還能抱有這麼一點點對生活的熱切；在所有的遺失過後，依然選擇相信生命會以另一種方式讓我獲得。

想到這裏，我突然覺得自己像是在大海裏打撈著青春的碎片般，再把它們一片一片重新拼湊成畫。

會不會其實人生都這樣？
比如是，生命從來都不圓滿，
又或是，大部分選擇背後都會留有些少遺憾，
因為沒有人能在作出選擇的那一刻知道未來要發生的事。

讓無常如常

她顯然是一個有夢的人，卻擁有著最平靜的靈魂。

我跟她的相遇是在秘魯，那年六月二十六日，從「聖谷」奧揚泰坦博（Ollantaytambo）開往馬丘比丘的火車上。馬丘比丘是我一路旅行的夢，那時候火車還未開出，我坐在車廂內靠窗的位置，目不轉睛的凝視著窗外，腦海已經不住浮現之前對於馬丘比丘的所有想像，彷彿我的旅程在這一刻才剛剛開始。

也是過了好一陣子我才發現，她已經悄悄地在我的旁邊坐下來了。她看上去大約五十歲，黃皮膚，黑頭髮，笑起來眼睛彎彎的。我看她很努力在替自己找個角度拍照，就猜她大概也是獨自一人，於是問她要不要幫忙。就這樣，我們開始了說話。

她說，她是華裔美國居民，來這邊旅行兩個星期。得知我是從香港老遠飛過來以後，她拋下了一個許多人也問過的問題：「你為甚麼要來南美洲？」

我笑了，想著要怎麼回答。不知道爲甚麼，明明已經回答過這個問題許多遍，但每一次，我都好像會下意識地嘗試回答一個跟上次不一樣的答案。

「可能是想趁年輕，趁還有時間和體力的時候，看看對我來說最遙遠的地方吧。」我說。聽到我的回答後，她微笑著點頭示意了解，「那麼你的旅程順利嗎？」

我的腦海裏馬上浮現那天趕不上飛機，行李又不見了的落泊片段。明明已經是兩星期前的事，明明我也已經經過了許多，但原來有些事情，實在比想像中難以釋懷，縱使我很清楚的知道，這只是一件很小的事而已。

「還好吧。」我試著淡淡地說：「就只是開始時有一點點小波折而已，不過現在已沒事了。」

然後，慢慢地，我把那天剛到埗時所發生的事情，一五一十告訴她。從錯過了航班到行李丟失，我也是第一次把那段落泊那麼完整地告訴一個剛剛遇上的陌生人。

聽罷，她微笑了，緩緩地說：「沒關係，我理解。我們是同類。」

聽到她這麼說，我愣住了，一下子不太理解她的話是甚麼意思。

她看我一臉的迷惘，於是繼續說：「我之所以說我們是同類，是因為我也剛從小波折中平復回來。」

說罷，火車徐徐離站，然而她大概是看我沒有說話，於是開始一字一句的訴說著自己的故事。

原來，她這趟旅行的目的，是去位於智利的復活節島。

「去復活節島一直是我的夢想。」她徐徐地說。每次說到「復活節島」四個字的時候，她的眼裏彷彿都閃閃發光。

為了圓夢，她早在大半年前已經向公司請好了假，也訂好了這趟旅行的機票。只是上星期到達智利聖地牙哥市後，被告知因為風向的問題，航班不能起飛，最後被滯留在機場附近五天。

「怎麼會被滯留這麼久？」我問。

「復活節島機場的跑道只能讓飛機順著一個風向降落。」她看著車窗外，淡淡地說：「一旦風向不對，航班就要延誤，等待風向轉變才能降落。」聽到她這麼說，我才意識到自己的無知。

「去復活節島，航班因風向延誤是平常事」，她不厭其煩地解釋：「只是被延誤了五天，也不知道是我倒霉還是甚麼，航空公司職員也說相當不常見。」

所以到了最後，為了不再白白地等待，她選擇離開智利，更改行程來秘魯，因而坐上了這輛從奧揚泰坦博前往馬丘比丘的火車，然後我們就在這裏相遇了。

只是復活節島，依然是她一個未完的夢。

「有些時候，計劃那麼多也沒有用。」她搖搖頭，卻又露出淺淺的微笑，「像我過去曾經窮盡一切來做一件事，但天意弄人，最後還是未能如願，走上了另一條路。」

她沒有繼續說那一件事是甚麼，而我也沒有再追問了。只是當她說「天意弄人」時，我在她淡淡的眼神和淺淺的微笑中，還是看到了一絲無奈。

那一刻我在想，會不會其實人生都這樣？比如是，生命從來都不圓滿，又或是，大部分選擇背後都會留有些少遺憾，因為沒有人能在作出選擇的那一刻知道未來要發生的事。

有人花一輩子去追求刺激亢奮，卻沒有人能夠永遠避開跌宕，就像錯過了復活節島的她，也像丟失了行李的我。

「好像人生都是這樣。」於是我衝口而出。

只是這句話才說出口，我就後悔了。想到眼前的她比我在這世界上多活至少二十年，我突然有種不配說這句話的感覺。

但她回過頭來，點點頭，沒有半點嫌棄，就只是繼續微笑，然後靜靜地拿出相機來開始記錄窗外的風景。

於是我也拿出筆記本，開始記錄著我們剛剛的對話。

「我渴望能成為自在的人，好比自在地讓無常如常的她。」──我在筆記本裏這樣寫道。

從她身上，我好像看到了長大，原來並不是一個人去過多少個國家，也不是一路的勇往直前，而是在天還陰，遠處還看不清的時候，依然能平靜自如地繼續邁步往前。

倘若無常才是人生中唯一不變的常態，那我只希望在五年後、十年後，甚至二十年後，無論遇上任何事，我也能像她，眼睛依然在笑。

也許人生本來就是莫名其妙的。

只不過是世界常常告訴我們要好好規劃自己的人生，
才能拿回人生的掌控權，
卻沒有告訴我們，人生漫漫，其實所有的無常與意外，
本來就跟我們會經歷的其他所有事情一樣，
也都是人生的一部分。

人生漫漫，所有的無常就跟如常一樣，本來就是人生的一部分

生命中好像總會遇到一些莫名其妙的事情，是任我們如何拼命的思考，也還是無法理解的，比如說，我在蒙古差點被當成間諜的這件事。

1

二零二三年四月七日，我在蒙古國首都烏蘭巴托坐上了一列火車，八個多小時後，抵達第二大城市達爾汗（Darkhan）。達爾汗給我的初印象，是工整的平房、寂靜的山野

與平原，又有幾分荒涼。她跟烏蘭巴托有著截然不同的面貌，甚至都讓我想起了那些年在西伯利亞的日子。

在那裏，我換乘了一輛旅館安排的車，約一個小時後，抵達我的目的地——一家座落在 Yeruu River 旁邊的旅館。

「歡迎來到 Yeruu Lodge。」我下車的時候，旅館老闆熱情地走過來說。其實我從車上就看到他了——高高的個子，金啡色的頭髮，卻穿著蒙古國的傳統服裝。

他的頭髮之所以是金啡色，是因為他並非蒙古人，而是挪威人。其實我長途跋涉到訪這裏，亦因為此——我很好奇他隻身跑來蒙古開旅館的故事。對於這些離鄉別井在異鄉打拼的人和事，我向來都無法抗拒，總覺得他們本來就是另一片宇宙。

「把這裏當作自己的家就可以了。」挪威老闆繼續熱情地說。然後，又開始介紹有關旅館的各樣事情，包括旅館今天來了新的廚師，以及那位廚師曾在烏蘭巴托高級餐館工作等等。

我也是那一刻才知道，原來這家旅館才剛剛開始營運，目前還在試業當中。

我跟著他在旅館範圍走了一圈後，不經不覺來到了旅館餐廳的門口。餐廳的外觀，不費餘力地喚回了我對於北歐的種種記憶。它是一座建構簡單卻又讓人過目難忘的木建築，正正方方的，就像一個用許多木條砌成的小盒子般，走進裏面，映入眼簾的就是盡頭處的大平台，平台上放了兩張椅子和一張小桌子，前方就是那條 Yeruu River 。

那是我第一次看到 Yeruu River，於是我興奮地拿起相機，想為它拍一張照片。但我還未按下快門，耳邊就突然傳來一句兇兇的「不許拍照」。

我回過頭來看，是兩個衣冠楚楚、塗了鮮紅色口紅的女人。於是我放下相機，一時不知道該說甚麼。然而那兩個女人也沒有再說話，就只是緊緊的靠在一起，站在距離我約一米以外的位置，凜冽地凝視著我。

「對不起。」挪威老闆見狀，走過來對我道歉說。

「今天這裏來了一班高官和政要，他們在這裏有個慶祝活動。」他臉有難色的說：「他們對相機很敏感，都會怕被拍到，唯有麻煩你不要在餐廳隨便拍照了。」

「好，沒關係。」我不假思索地回答。反正我從來沒有想要拍高官，甚至不太認識他們。

於是，我把相機掛在身旁，走進餐廳找了一個位置坐下。

就在此時，一行大約十人從餐廳外走進來，在餐廳中央最長的那張枱坐下。他們都打扮得光鮮亮麗，坐下不久就紛紛拿起酒杯來互相碰杯，席間彌漫著一種矯揉的陌生。縱使我都聽不懂他們說的話，但那時候我心裏想，他們大概就是挪威老闆口中的那些高官了。

我看著他們交談看到出了神，原來我點的晚餐已經到了。我拿出手機來，隨意拍下了眼前的食物。但就在那瞬間，剛才制止我的其中一個女人突然朝我的方向跑過來，用英語重複呼喊著：「不許拍照」。

「不是只是不可以拍到高官們嗎？」我驚訝地問她：「我只是在拍我的食物，這樣也不可以嗎？」

她沒有馬上回答我，卻要求看我手機裏剛剛拍下的照片。然而，看過照片後，她並沒有說些甚麼，也沒有要求我刪除，就是一直不發一言地繼續站在我身旁。挪威老闆好像看到了，於是搖著頭走過來，對她說了一些話。我隱約聽到他重複對她解釋我只是遊客，應該得到尊重，好像還有說「這不是他喜歡的經營旅館方式」，但她顯然不同意，不停重複說著「但你在我們的國家」。

其實我也不知道他們的對話最後是如何終結的，我依稀記得的是，那個女人還是走開了，而挪威老闆也回到席間陪蒙古高官們喝酒，於是我想，事情大概已經平息了。

之後有這麼一段時間，我覺得自己彷彿置身於平日工作裏跟客戶吃飯的場合，蒙古高官們都紛紛走過來打招呼。他們都說得一口流利的英語，也十分友善，甚至還跟我碰杯。

而我在餐廳裏亦認識了旅館的其他幾位住客，包括來這邊度假的瑞典女生與她的意大利男朋友，還有一個在這邊打工的挪威女生。他們對於我被禁止拍照的事情都很驚訝，又對於我一個人來蒙古旅行感到好奇。

那個晚上其實好快樂，是一種久違了在旅途上認識了一堆陌生臉孔的快樂。我們聊了很多事情，也把一整瓶紅酒不知不覺喝光了。有這麼一刻，我還以為所有事情都已經平息了。

也是後來才知道，原來一切一切，都只是我以為而已。

2

第二天早上，我睡眼惺忪的步出蒙古包房間，然而門前迎來的，除了是被群山環繞的大草原，還有六、七個在大草原上向我緩緩步來的蒙古警察。

大概是昨晚睡得太好了，看到警察們向我走來一時反應不過來，只記得當下警察們用肢體語言示意我該走到餐廳裏。剛起床的我一頭霧水，但還是跟著他們走，心裏想，反正我也要到餐廳吃早餐。

步入餐廳後，他們並沒有馬上對我說話，就讓我獨自在一角坐下來，可我環看四周，都是一種非常凝重的氣氛——無論是警察、旅館員工，還是其他旅客，全部都三五成群的圍在一起細聲說話，彷彿有甚麼好可怕的事情剛剛在這裏發生。

沒過多久，旅館的另外一位負責人走過來。她低著頭在我耳邊解釋說，昨晚這裏發生了一些事情，所以警察們需要我協助調查。

「是甚麼事情？」我愣了一愣，試著冷靜地問：「我又要怎樣協助調查呢？」

她蹲在我身旁，輕聲在我的耳邊說：「他們要求檢查你所有的攝影器材。」

「甚麼？」我瞪著眼看著她。

「我知道這聽起來很無理。」她皺了皺眉，搖著頭說：「我想，如果你可以把你的攝影器材都拿出來讓他們檢查，而他們沒有看到甚麼可疑的照片的話，他們就不會再打擾你了。」

「不，我的意思是，昨晚發生了甚麼事嗎？」我試著平靜地問。

她低著頭嘆了一口氣，緩緩地說。原來昨天晚上，在我們都睡了以後，高官們跟挪威老闆發生了一些衝突。因為這些不滿，高官們甚至在凌晨五點在沒有通知旅館職員的情況下全都離開，亦把挪威老闆的電話帶走了。

「其實我也不知道爭執的來龍去脈。」她搖著頭繼續說：「只聽說大概是高官們對旅館很多安排都非常不滿，當中包括你出現在這裏的這件事。」

聽罷，我的腦海空白一片：她說，他們不滿意我出現在這裏？

我還來不及反應，兩、三個警察就已經坐到我的旁邊，直接從桌面把我的手機拿起來，示意我需要解鎖，讓他們檢查。

我還是順著他們意思，靜靜地坐在他們跟前，看著他們把我在蒙古拍的照片從頭到尾翻看一次。把手機和相機裏的照片都檢查過之後，他們亦要求檢查我手機裏差不多每一個通訊程式的內容，而檢查的詳細度，是把我最近的每一則通話內容都打開，甚至要求我把和朋友的一些對話都翻譯成英文，再由旅館一位員工翻譯成蒙古文。

然而，他們顯然都沒有找到甚麼。我本來還以為這一切都要結束了，就在此時，他們突然互相對著看，又用蒙古語彼此交談，然後在霎那之間，從袋子裏拿出了一份文件，放到我的跟前。

我看著那份文件，是一份事先列印好的文件，前後共兩頁，只是我都看不明白裏面的內容，因為它全是用蒙古文寫的。

「請在上面簽名。」警察們讓旅館員工翻譯說。當下我反射性地用英語跟旅館員工說，我不能簽。

「我不會蒙古文，我不能簽我完全看不懂的文件。」或許是職業病的關係，我不斷重複說著。

旅館員工替我傳譯了。只是警察又跟他說了一堆蒙古話，然後他翻譯說：「雖然文件是用蒙古文寫的，但你可以用手機的圖片翻譯功能看看裏面寫甚麼，然後再簽名。」

他的話還未說完，警察就已經打開了他手機裏的翻譯程式，把那份文件拍下，然後把翻譯內容放到我的跟前。我隨便看了看，其實並沒有完全看得明白，只看到有提到「法庭」，也有提到「蒙古法律」和「聆訊」等字眼。

我呆住了，心裏想，這大概是一份口供紙。我更加確定我不可能簽一份這樣的文件，於是不住地搖頭拒絕。

他們對於我的堅決拒絕大概有點驚訝，又再一次打開手機裏的翻譯程式，對我說，他們是負責這宗案件的調查人員，並沒有要傷害我的意思。

「這份文件只是走流程所需要的。」旅館員工也替他們翻譯說：「並沒有對你不利的地方。」

我抿了抿唇，想了一想，還是拒絕了。

我的再三拒絕大概讓他們開始難堪了。於是，其中一位警察跟那些本來站在遠處的人打了一個眼色，然後，就這麼一下子，我的身旁就多了幾個穿著便服的男人。

「我們真的需要你簽這份文件。」其中一個會說一點英語的男人走過來說。

「我已經說過了，我並不是不肯配合，問題是這是一份我看不懂的文件。」我重複說著。

「如果真的需要我簽名，那我至少需要看到英文版本，而且我也可能需要找律師。」還記得我在想，該不會人生中第一次要找律師協助，就是在蒙古吧？

那一刻，他們大概是覺得我這個人很麻煩，那個會說一點英語的警察甚至還用力在我跟前嘆了一口氣。只見他們繼續用蒙古語交談，我也沒有再說甚麼，就這樣靜靜地坐著，在這五、六個男人面前，在我聽不懂的語言中，試著把我的早餐吃完。

我把碟子上的食物一塊一塊放進口裏，一邊在想，我到底該如何理解這件事？又想，倘若每件事情發生都是有原因的，那這件事情的原因又是甚麼？為何偏偏會是我？

想到這裏，腦海又忽然掠過一個念頭——好像我也不能總是在日子難熬的時候問「為何偏偏會是我」。因為日子正好的時候，我可不曾這樣問過。

3

我已經忘記了那時候等待了多久，只記得等著等著，我把早餐終於都吃完了，窗外亦已經由大晴天換成了陰天，再換成了大晴天。是天氣變幻得飛快，還是我其實等了好久好久？一切都很模糊。

直到有這麼一刻，我覺得自己快要透不過氣來了，於是跟旅館人員說，我想出去散散步。旅館員工跟警察溝通過後，說我獲批准可以出去走走，但要求我不可以離開旅館的範圍太遠。

就這樣，我緩緩步出餐廳，其實也不知道要往哪裏走。從餐廳往旅館門口處那段約一百米的路，我好像走了一個下午。明明只想透透氣，可是我一直走一直走，靈魂卻好像還是被困在餐廳裏，直到我遇上了昨晚認識的瑞典女生與她的意大利男朋友。

瑞典女生一看到我，就上前來給了我一個大大的擁抱。她說，她都已經從其他旅館職員口中聽說過我被調查的事了。

「我們去玩 Blowcart 放鬆吧。」她走到我的旁邊，悄悄地挽起我的手。

我點點頭，然後跟著她和她的男朋友走到旅館門口的另一端。

Blowcart，是一輛靠風力而發動的卡車，像是陸地上的風帆。我往外走的時候，天空剛好刮起大風，於是我就坐在 Blowcart 裏面，在那條泥濘路上順風而行，一路馳騁，直到草原的另一端。大概是迎風飛馳讓人感覺太自由，走著走著，我好像也忘了自己其實白白花了一整個上午，等待著一個莫名的批准。

只是沒過多久，我還在 Blowcart 上，就看到遠處從旅館裏走出來的兩個人，一個是剛才向我問話的警察，另一個是剛才負責翻譯的旅館員工。他們朝著我的 Blowcart 方向走，一直走到我面前，揚手示意我把 Blowcart 停下。

於是，我把 Blowcart 停下了。警察從口袋裏拿出了另外一份文件——一份全用蒙古文手寫的文件，再一次要求我在文件上簽名。

「怎麼又是蒙古文寫的文件？」我無奈地看著他們。「我不能就這樣簽名的原因是，我真的看不懂蒙古文，無辦法理解文件裏寫的是甚麼。」我一再重複。

旅館員工聽到我的回答後，還是露出了茫然的表情，又對我說：「請你相信我，裏面就只是解釋說你昨天出現在這旅館裏，而你是一個遊客，所以帶著相機在身旁，就這樣而已。」

「為甚麼要提到相機？」瑞典女生原來也在不知不覺間走到我的身旁，向旅館員工拋下了這句。

旅館員工急忙澄清說，裏面其實沒有提到相機，只是他剛才翻譯錯了。

「你看，問題是我真的看不懂蒙古文。」我說著那句已經說了許多遍的話：「麻煩你能請警察們先把文件翻譯作英文嗎？」

旅館員工於是又跟警察說了些話，然後回過頭來，一臉凝重的對我說：「他們說，若然你真的需要英文翻譯的話，你要先到蘇赫巴托爾市（Sukhbaatar），因為那邊才有翻譯人員。」

「蘇赫巴托爾市？」我依稀記得前兩天在火車上有聽過當地人提起這個地方，好像距離這裏很遠。

「不太遠。」他好像看穿了我的猶豫：「距離這裏大概兩小時的車程。」

兩小時叫做不太遠？我愣住了。

「所以拜託你簽吧！」警察看到我的表情，突然提高了說話的聲量：「我已經說過好幾遍了。我們也只是奉命走流程而已，而你簽了，就馬上可以離開。但若然你不簽，就要跟我們回警察局。為甚麼要弄到這麼麻煩呢？」

「為甚麼要拼命把我往牆角裏迫？」我沒有刻意要聲嘶力竭，但大概是越說越激動，還是忍不住說著說著流下眼淚了：「為甚麼偏偏是我呢？我到底做錯了甚麼呢？」

我突然地聲淚俱下好像把旅館員工嚇怕了，也差點忘了他之所以會在這裏，其實也只是在替警察們作翻譯而已。我連忙跟他道歉，亦嘗試讓自己冷靜下來。

「麻煩你替我對警察解釋說，我理解他們要走流程，也不是不願意配合。若他們能提供一份用英文寫的文件，而我對所寫的內容沒意見的話，我是可以簽的。」我再一次緩緩地對他們說。

旅館員工把我的說話逐一翻譯給在旁的警察聽，我就站在旁邊，一直緊緊盯著警察的神情。倘若人生是一齣電影，而當中有些畫面會讓人特別深刻的話，那我想，在屬於我的電影裏，眼前的一幕就是其中之一。因為直到現在，我依然很清晰地記得警察一直搖著頭，然後慢慢把眉頭皺起那惆悵的表情。

然後，他好像想了一想，再走到我的身旁，示意我把護照拿出來。

「他要沒收我的護照嗎？」我戰戰兢兢地問旅館員工。

「不是的，他應該只是想拍張照留記錄。」旅館員工急忙解釋說。他又說已經跟警察說明了我的看法，但警察說他需要先把我要求英文翻譯這件事上報給上司，再看看能如何處理。

「好吧。」我想我也沒有拒絕的餘地了，於是把護照拿出來，交給他們。

然後，警察拿出他的手機，拍下了護照。沒有想到的是，他接著說的居然是：「今天你可以先走了。」縱使離開的時候，他還是補了一句，說找到英文翻譯後，可能會再回來找我。

4

「今天你可以先走了」，這明明是我期待了好久的一句話，但不知道為何聽到他這麼說的時候，我還是沒辦法釋懷。

「你先回房間休息一下吧。」站在我身旁的瑞典女生大概是看到了我的狀態，輕聲地對我說。那一刻我很深切地想好好答謝她，甚至想回頭給她一個擁抱，只是我的靈魂都很虛弱，虛弱得很想馬上把眼前的世界關掉。

那一個下午，我就待在房間裏，雖說不上是悶悶不樂，卻甚麼都不想做。我一直躲在房間裏問自己到底在難過些甚麼。

「明明我只是在沒有預料之下被滯留在旅館大半天而已。」
「明明我沒有被逮捕，沒有受傷，也沒有失去任何東西。」
「明明我只是在不知不覺間得罪了擁有權力的人。」

只是，任我如何嘗試說服自己，我還是沒辦法快樂起來。忽然之間，我彷彿失去了所有對於旅遊的熱情，又想到自己曾經說過「從小到大，我都還是相信善良，可能有人會覺得太天真，但就像看待一場滂沱大雨一樣，有人則寧願相信雨後會有彩虹」那樣的話，頓時覺得很慚愧。那一刻才意識到，原來無論我把文字寫得多麼的無所畏懼，還是很害怕期望落空；原來無論我經歷過多少，還是暗暗地對世界抱有期望。

最後，我好像在不知不覺裏睡著了。醒來的時候，已經是下午四時，我本來都覺得好一點了，只是當我再一次把蒙古包的門打開，看到門外那不見盡頭的荒野與平原，想到我們明明該是多麼的自由，但到頭來卻還是受限於自己的脆弱時，心裏還是沉了一沉。

直到我又在草原上遇見了她——瑞典女生。她看到我的混沌與頹廢，於是邀請我跟她一起寫生。

「我從烏蘭巴托帶了一些畫紙、水彩與畫筆。」她溫柔地笑著說。

瑞典女生，其實叫 Paula，她大概是我在旅途上遇過最溫柔的靈魂。我跟她的遇見明明就只是在昨晚而已，但她每次出現，都總是讓我有一種錯覺，彷彿我們已經認識了好久好久。

於是，我跟著她，走到這一切混沌與頹廢的開端——旅館餐廳裏那個看著 Yeruu River 的平台，開始用顏色把眼前的風景一筆一劃記下。

我們靜靜地坐在平台的椅子上，沒有說些甚麼，就只是各自默默地用自己喜愛的顏色去記錄眼前這一片風光，但我突然都深深地覺得自己被擁抱了——被最溫柔的她，還有眼前如此明媚的風光大大地擁抱了。

忽然之間，我又好像放下了許多。

那個晚上，我們一群人圍聚在餐廳裏，聊著這兩天發生的事情。人群裏有 Paula，也有剛剛從警察局回來的挪威老闆。

「最無辜的還是你。」挪威老闆忽然走到我的身旁，對著我說：「說實話，我也不知道他們為甚麼對妳那麼多懷疑，又或是說，他們為甚麼對你那麼感興趣。」

「可能你的樣子太像間諜了。」Paula在旁笑著說。

「也對。電影情節好像也是這樣的，通常長得最不像間諜的人，就是間諜。」我笑著和應，引得哄堂大笑。

有趣的是，跟這一群人明明算不上是好友，甚至才剛剛相識，但又好像已經共同經歷了許多。跟他們聊著聊著，在此起彼落的歡笑聲裏把酒言談，剛才那些難以梳理的思緒又好像過去了。忽然有這麼一個很深刻的念頭，就是那一切我不理解的都在眨眼之間成為過去，變成屬於我的故事。

「也許人生本來就是莫名其妙的。」那個晚上，回到蒙古包房間裏，我在筆記本子裏這樣寫下。

「只不過是世界常常告訴我們要好好規劃自己的人生，才能拿回人生的掌控權，卻沒有告訴我們，人生漫漫，其實所有的無常與意外，本來就跟我們會經歷的其他所有事情一樣，也都是人生的一部分。」

寫到這裏，我忽然看見窗外的月亮原來好圓，就像一盞淡黃色的吊燈，懸掛在漆黑的夜空裏。於是，我急忙把相機拿出來，走到蒙古包房間的門外，嘗試把月亮拍下。挪威老闆剛好也站在外面，原來他在試著做同一件事情。

看到我也在外，他於是走過來，一臉不好意思的對我道歉，又說他為我在這裏的經歷而感到非常抱歉。

「沒關係。」我笑著對他說。

「真的沒關係了。」我重複地說著。

那一刻，我看著眼前又圓又大的月亮，突然覺得這一切都好像一場夢。只是這場真實存在的夢境，就像人生裏的所有事情一樣，終究都會過去。

讓我最恐懼的原來並非寂寞本身，
也非失落的情緒，
而是寂寞與失落底下那赤裸裸的自己。

每一個寂寞的瞬間，都是漫漫長夜

1

「為甚麼想去貝加爾湖？」出發前，朋友這樣問。

「沒甚麼特別原因。」我說：「就只是聽說過貝加爾湖的名字很多遍，所以想親自去看看。」

我還記得很清楚，對於貝加爾湖的憧憬，來自小時候看過的一幅畫。記憶裏那幅畫有一片藍，是不帶半點碧綠那種藍，那片藍的正中央有一艘小船，船上有一頭牛。那時候的我很好奇，為甚麼牛會在船上呢？

然而，畫室的姐姐並沒有直接回答我的問題，只告訴我，那一片藍屬於一個湖，而那一個湖在西伯利亞，叫作貝加爾（Baikal）。

2

大學畢業那年，我終於決心造訪這個嚮往已久的地方。

我從北京出發，坐上了橫越中國與俄羅斯邊境的西伯利亞鐵路，四天三夜後，來到西伯利亞鐵路上距離貝加爾湖最近的城市，伊爾庫茨克（Irkutsk）。

伊爾庫茨克，有人稱之為「西伯利亞的巴黎」。初次聽到這個稱號的時候，我不自覺地想起了一個月前身處的阿根廷布宜諾斯艾利斯——那時候他們都說布宜諾斯艾利斯就是「南美的巴黎」，只是伊爾庫茨克跟布宜諾斯艾利斯並不像。

我在伊爾庫茨克待了兩、三天，但她卻沒有像布爾諾斯艾利斯一樣，討得我特別的喜愛。不知道跟這幾天的天氣是否有關，我總覺得這城市很冷漠，道路很寬闊，但街上的行人相當稀少，所以人與人的距離也就很遠。

伊爾庫茨克唯一讓我留戀的，就是它的規模——她是一個能徒步逛畢的城市。在伊爾庫茨克的首兩天，我每天都在走路。先從火車站那邊走過橋，再沿著主街道列寧街，走到盡頭的基洛庫廣場。然後繞過廣場旁邊的政府大樓，來到背面的二戰紀念碑，再往前方的安加拉河畔走，看看河畔的教堂群。

還記得安加拉河畔有一座沙皇亞歷山大三世的紀念碑，聽說這位亞歷山大三世，就是讓西伯利亞鐵路破土動工的那位。於是我在他的碑前停下了腳步，多看了兩眼。

3

在伊爾庫茨克的第三天，我終於出發去貝加爾湖了。那天早上，我跟著青年旅社的指示，先坐車到湖邊，再換乘小巴往開往奧爾洪島的輪船碼頭，然後坐輪船，來到貝加爾湖上最大的島嶼——奧爾洪島（Olkhon）。

對於奧爾洪島，其實我並沒有太多的了解。之所以會長途跋涉到訪這裏，純粹是聽說它是貝加爾湖上最大的島嶼而已。

「倘若貝加爾湖是一片藍，那麼奧爾洪島應該就是湖中央一片小小的綠洲吧？」那時候的我是這樣想的。

只是我的所有想像，在來到島上小鎮胡日爾（Khuzhir）的那一刻，就馬上落空了。

我並沒有在奧爾洪島上看到任何綠，甚至看不見丁點貝加爾湖的藍。島上的天色灰濛濛得不似預期，又遍地都是沙，空氣裏還彌漫著一抹塵土與薄霧，我在外面才走了一圈，背包就被套上了一層泥黃色。

「前幾天沙塵暴呢。」旅館主人一邊抹著房間的窗，一邊淡淡的說。

「沙塵暴？」我好像沒聽說過這邊會有沙塵暴。

「是那邊的森林大火引起的。」旅館主人指著窗外。

聽到她這麼說，再看到眼前的一片迷濛，我突然有點不知所措。那種感覺就像是用了很大的努力去抵達一個地方，卻在抵達之時才發現它根本沒預期中美好。想到這裏，我忽然有一種難以言喻的失落。

那天晚上，我哪裏都不想去，就只是獨個兒走到湖邊，靜候著天色入黑。我摘下了耳機，四野一片寂靜，我就只想聽聽潮浪拍岸的聲音。

我也希望心情不那麼容易被天氣影響，但眼前的晦暗不明，確實把貝加爾湖當初刻在我心底裏的那份憧憬，徹徹底底地換成了一種淡淡的憂傷。

而在我最不想說話的瞬間，有兩個吃著烤魚的男生剛好在我身旁走過。我看他們一路往湖邊的方向走，隱約聽到他們在說俄語，沒有多加理會，只是，就在我看過去的那一刻，他們也剛好回過頭來——我們的目光對上了。然後，他們就背靠著那泥黃色的天空，開始一步一步的朝我走近。

「你獨自一人嗎？」長得比較高的他問。

「是的。」我點點頭。

「為甚麼獨自一人呢？」他繼續問。

他的問題讓我渾身不自在。

「我正在一個人旅行啊。」我隨便回答他，很想中斷對話。

但他居然笑了，還往前走了幾步，指著不遠處的湖面，回頭對我說：「貝加爾湖是很浪漫的地方。」

我不知道他到底想說甚麼，就看著他，沒有再說話。他大概是看我沉默了，又繼續說：「只是你一個人來，並不浪漫。」

「一個人也可以很浪漫的。」為了終止這段對話，我隨便拋下了這句。

然後，他倆走了。

本來，看著那灰濛濛的湖水與天色，我的心裏已經有一種莫名的空虛了。誰料，被他這樣再說一說之後，我的心又再沉了一沉。我不知道我為甚麼要那麼在意陌生的他的一席話，但現在的我，就只是覺得四周很寂靜，寂靜得太過分了。

我又想到了之前對於這裏的所有想像，想到了記憶裏貝加爾湖那一片藍，突然覺得像是被那個誰欺騙了，又像是被那片風景狠狠地遺棄了。

那個晚上，大概是我一路獨自旅行以來，最寂寞的時候了。步行回旅館的時候，我看著那浩瀚無垠的湖面與那漆黑一片的天幕緊緊接連，明明都看不到半點繁星，卻想起了過往曾經與我一起旅行的每一位家人、朋友；路上剛認識的、認識了很久的；一起旅行了一天的、一起旅行了數十天的……

轉眼之間，那些記憶在我的腦海裏播放了一遍，又都像星塵，在漆黑的夜空裏一一浮現。

4

「我很想家。」那大概是人生裏第一次如此深刻地抱有這個念頭。

原來孤獨是一種好不容易的練習，因為每一個寂寞的瞬間，都是漫漫長夜。

忽然覺得自己很不爭氣，居然在長途跋涉抵達一個夢想了很久的地方以後，沒甚麼原因地如此落寞。只是，在脆弱的跟前，我連僞裝的力氣也沒有，就只有餘力用最緩慢的步調去走回去的路。

走著走著，我才發現，原來一路走來，我好像從來未試過像這樣跟赤裸裸的自己對視著，甚麼都不做，甚麼都不說，就只是容讓寂寞與失落在我的靈魂內流動。

於是我在想，會不會其實讓我最恐懼的並不是寂寞本身，也非失落的情緒，而是寂寞與失落底下，那赤裸裸又無能為力的自己。

這個晚上，大概是這些年以來，我第一次如此細膩的嘗試與最脆弱的自己和平共處。

第二章　關於追逐

哪怕路途再遠，終有一天還是會抵達。

願你們持續熱愛這個世界

那是二零一四年的盛夏。

那時候我還是一名大學生，我們一行三人來到緬甸仰光，在仰光五十街一個名爲Yangon School of Political Science的地方義教，教的課程叫「Street Law」。本來也猶豫了好久到底該教些甚麼，但後來負責接洽的人說，其實教甚麼也可以，反正對於學生們來說，有一群大學生千里迢迢從外地來到仰光義教，已經足夠讓他們感興趣了。

結果，我們選擇了教學生一些基本的法律知識，以符合「Street Law」這個主題。學生的年齡層非常廣，又都是來自五湖四海的緬甸人。有剛放學趕忙來上課的大學生，有中年的大叔，也有帶著小孩的媽媽。然而，他們都沒有法律背景，甚至都不知道何謂法律，之所以會過來上課，純粹是出於對知識的渴求，又或是像負責人說的，對我們這一群從香港過來的人感到好奇。

N

「你們有沒有興趣來參觀我的大學？」記得有一天，下課之後N突然這樣問。

他們都說，N是品學兼優的學生，在學校成績很好，也是班長。然而N給我的印象不只是這些——他還有一份讓人印象深刻的單純與謙卑。在我們相處的日子裏，N常常都說他很渴望跟我們聊天，因為他的英語不好，希望能透過跟我們交談來練習一下英語會話，只是N的英語會話其實已經說得很不錯了。N也非常內斂，每一次有人誇他的成績好，他都會臉紅紅的低下頭來，眼睛不知看哪兒好。

由於第二天沒有課，我們馬上就答應了N的邀請，跟著他，長途跋涉來到他的大學——

仰光經濟學院（Yangon Institute of Economics）。

說長途跋涉，是因為仰光經濟學院雖然位於仰光，從仰光市中心出發卻需要約兩小時的車程。學院基本上就在農村裏，附近除了農田以外，甚麼都沒有。

學院的位置是如此荒蕪，但其實它是大名鼎鼎的仰光大學的分支。說大名鼎鼎，是因為仰光大學曾是東南亞地區的頂尖學府——說的是五、六十年代，緬甸正值繁華興盛之時。

那時候的緬甸有多繁盛？就是六十年代李光耀到仰光考察時，也曾說過要「把新加坡建設為第二個仰光」。現在，位於市中心的仰光大學原址雖然依然屬於仰光大學，但大部分的學生都不會在那邊上課了。

「八十年代學運之後，政府為了防止學生集結鬧事，多次關閉位於緬甸市中心的仰光大學，以分散知識分子。」N緩緩的說：「大多數學生都被轉移到仰光鄉郊的分支校區，而仰光經濟學院就是其中之一。」

我們一路聽他說，一路跟著他與他的數名同學，在那非常簡陋又空洞的校園裏，走過一條又一條的長走廊。

「實在很難想像這裏是一所大學，甚至是仰光大學的分支。」看著眼前的蕭條，我悄悄地跟旁邊的友人說：「也很難想像到緬甸從前繁盛的樣子。」

我想，是不是所有人和事都這樣，並沒有甚麼能夠永遠繁盛，物換星移，歷史只會不停地在年歲裏循環交替，也像人生，盛衰有時。

我們在學院裏逛了一圈，乍看之下裏面基本上沒有甚麼設施，還記得N帶我們去參觀了一個名為「學生休息室」的地方，只是那個休息室家徒四壁，沒有椅子，也沒有桌子。後來我們又去了「圖書館」，內裏有滿滿的藏書，但大部分的藏書都在高牆之內，學生們並不能隨便借閱。

「為甚麼不可以隨便借閱玻璃牆裏面的書？」我問。

「因為那些都是外國捐贈的書，學校視它們為禁書，需要特別許可才可以借閱。」N在說這話的時候，好像並沒有特別的難過或憤怒。

我也是到後來才了解，原來無可奈何地接受一種扭曲的常態，是這樣的一回事——也許並不會一直都很憤怒，卻也不代表麻木。因為情緒波動了一段時間後，確實需要被換成一種沉實的堅持，不然我們都無辦法繼續走下去。

「我的夢想是拿到獎學金然後出國留學。」N悄悄在我們的耳邊說：「我很努力讀書，是因為我真的很想在外國讀經濟學。」

「我想讓國家的經濟變得更加強。」他抿了抿嘴，有點不好意思的笑著繼續說：「或許這樣，我們就會有更好的設施和生活環境了。」

那時候我心裏想，他怎麼可以把這些事情說得那麼輕鬆，彷彿一切都很容易？而且他說這些話的時候，眼神是很堅定的，眼裏也是閃閃發光的。

那時候他才剛進大學，還不到十八歲。

K

跟N的內斂剛好相反，K是位熱情又外向的男生，才聊了兩句，就知道他大概非常善於交際。

K有一個好朋友，叫B。其實他倆並不是我們教授的課程的學生，我們只是在仰光經濟學院內相遇而已。然而他們都非常熱情，亦對我和同行友人非常好奇，不但跟我們一起坐火車回仰光市區，還邀請我們去他們的家，一起吃飯聊天。

待在仰光的數個星期裏，我和K和B漸漸變得熟絡。我們一行人試過去路邊攤吃豬雜，也試過半夜去路旁的茶室喝奶茶，去過仰光大學旁邊的那幾條街吃烤魚，也去過唱KTV。

本來我還以為和他們的相處都只是玩樂而已，直到有這麼的一個晚上，我們去了一家餐廳喝啤酒聊天，不知不覺聊到了仰光大學所見證過的繁華興替，又聊到了夢想。

「我的夢想是改變緬甸的教育體系」K突然認真起來。他說這句話的時候，語調忽然莊重，眼裏都是閃閃發光的，讓我想起了幾天前說想讓國家的經濟變得更強的N。

「我的目標是先到外國攻讀教育碩士。」他用很堅定的語氣繼續說：「我想研究不同的教育體系，再回來緬甸建立一所真正擁有學術自由的學校。」

聽到他這麼說，我一時之間不知道該回應些甚麼。就在我還在思考時，他卻突然反過來問我們有甚麼夢想。

我努力地想了好幾秒，腦袋還是空白一片。

我已經忘記了當下回答他甚麼了，反正無論回答了甚麼，也都是隨便說說的，因為我記得很清楚，那一刻我很深刻地察覺到，這一輩子裏明明都被問過各式各樣的問題，卻好像從來沒有人問過我的夢想是甚麼。

也許小時候老師曾問我長大想做甚麼職業？我想，只是，也好像沒有問我的夢想是甚麼。

但職業跟夢想是兩回事，倘若職業是一個又一個既有的圈圈，夢想則是一張能放任塗鴉的白紙。突然覺得原來我讀過那麼多的書，上過那麼多的課，所思想過的卻比他們都少。

那天晚上，我想了很多有關夢想的事情，也跟友人聊了很多。我是生來被告知夢想不能當飯吃的人，但曾幾何時，我好像也試過自命不凡，爲自己定下許多人生目標。其實我不知道定下那些目標是否等同於擁有夢想，但無論如何，走著走著，我好像連那些目標都放棄了，漸漸覺得其實能夠偶爾做做自己喜歡的事情，去去旅行，就已經夠好了。

夢想這回事，於是變得越來越遠，遠得我都近乎忘記了它曾經存在過。但眼前的他們，十八歲還不夠，卻已經夢想著改變家園，還說得那麼的矢志不渝。

在路上遇見如此堅定淳樸的靈魂，讓我感慨萬千。實在沒想過這趟旅程會把自己的內在挖得這麼深——這明明是一趟我以為只是來付出的旅程。

「願你們持續熱愛這個世界」，那天晚上，我在日記裏寫下了這麼一句。

後記

到了後來，我從臉書上看到，N和K好像距離夢想越來越近了。N獲得獎學金去德國留學，K甚至還考進了牛津大學唸公共政策碩士。雖然路途遙遠，但他們還是邁出了那一步。

只是，二零二一年，緬甸發生政變。一夜之間，國家近十年內的發展都被推倒重來。每次想到這裏，我還是輕易地紅了眼眶。

我不知道此時此刻的他們活在甚麼光景，也不知道他們是否還抱有當初的夢想。我只是由衷的希望在歷盡千帆以後，他們還是能找到一件喜歡做的事，然後去做，哪怕路途再遠，終有一天還是會抵達。

我渴望一路走來，也能像她，
無論走到甚麼階段，也一直抱有夢想，
偏執地熱愛世界，
張狂地在夢裏飛翔，
任日子如何，也執意當一個有靈魂的人。

倘若你不容許，夢想就不會老去

「我想當個有靈魂的人。」

每次説到這句話時，我總是會不期然的想起她。

遇上她，是二零一五年八月，在莫斯科的巴士上。那是一個陽光正好的下午，淡黃色的陽光從車窗的縫隙間射進來，散落一地。我還記得清楚，那時候的她坐在車上靠窗位置，而我，則坐在她的旁邊。我們本來互不相識，亦沒有説話，但就在我開始翻看剛剛在紅牆買到的手繪明信片時，她忽然好奇地把頭靠過來看，就這樣，我們開始了對話。

「俄羅斯，是我去的第八十一個國家了。」她輕輕地托了一托那頂在她頭上的眼鏡，喃喃自語地說。

我回過頭來，那一刻才看到她眼鏡下的兩鬢斑白，心想她的年紀應該也不輕了，不禁驚訝地問：「你一直都在旅行嗎？」

她點點頭：「對，最近幾年開始的。」

「別看我一把年紀。」她繼續說：「我還是能盡力把我的夢想實現。」

她說這話的時候，都沒有在看我，但我卻從車窗的倒影裏清清楚楚地看到她淺淺的微笑——那是一抹帶點傲嬌卻又從容的笑容。

聽到她這麼說，我頓時對她的故事感到好奇了。於是，我們開始聊起來。

原來，她叫 Luisa，出生並成長於中美洲的多明尼加共和國，三十五年前嫁到美國，現居紐約。自二零一三年起，她都在獨自背包旅行。

言談之間，她把護照內頁打開了，像是有點刻意的想讓我看得見裏面寫甚麼。我都能清清楚楚地看到「出生年份」那一行，寫著的是「一九五零年」。

我愣住了。原來，眼前的這位旅行者，經已六十五歲了。

看到我難掩驚訝的表情，她急忙笑著說：「沒辦法，年輕時候的夢想是環遊世界，但那時走不開，也沒能力走開。現在待兒女都大了，放下了心頭大石，才能這樣出走一趟。」

説罷，她把頭緩緩地望向窗外，雖然語調有點酸溜溜，笑容卻還是很從容的。

已經六十五歲的Luisa，兩鬢斑白，頭上也架著老花眼鏡，但她的舉手投足，卻依然像少女。她的頭髮上綁著粉色髮圈，腰間繫著小腰包，懷裏抱著小袋子，腳前還放著大背包。看她的裝扮，就跟一般的年輕背包客沒兩樣。

而她的手上，又緊緊地握著一本筆記本子。我問她借過來隨便翻閱了一遍，只見那字裏行間，寫下了一個又一個的地址，以及一個又一個的電話號碼。

「我沒有用過你們這些電話。」她指著我手裏握著的智能手機，緩緩地說：「我聽説過這些電話都很方便，但對於像我這樣的年紀的人來說，也太難用了。」

她只拿著一部「集體回憶」Nokia 3310，每次出發到一個陌生的城市前，都會預先抄下一大堆旅館名稱、電話和地址，以防在路上找不到住宿。

「上一代的旅行方式，都是這樣啦。」Luisa 見我看她的筆記本子看得如此入迷，笑著說。

我忽然之間覺得自己好像都不配說些甚麼。我們這一代人，生活在一個鐵路與高架公路橫飛、網絡與資訊發達的年代。網絡與資訊無形地把「家」的概念帶到世界各地，無論我們身在何方，也能與家人朋友保持緊密聯繫。上網輕易按個鍵就能訂到機票，多按個鍵就能訂好住宿，沒有預先計劃路線也能在網上地圖裏輕易找到方向，不懂說當地語言也能輕易在網上找到翻譯。說走就走，這樣想來，其實很容易。

只是，若要像她那樣，把所有的牽掛放下，來一場孤獨又華麗的冒險，卻又好像沒那麼容易。

想到這裏，我突然想到了我以往寫過的一些文字，頓時覺得很羞愧。在她面前，我的所謂「出走」與「流浪」，根本都算不上是甚麼。

「倘若你不容許，夢想就不會老去。」那天晚上回到旅館，我為我們的相遇作了這樣的一個小總結。

我很羨慕她，打從心底裏羨慕她，羨慕她有一縷如此熾熱的靈魂，靈魂內又散發著如此迷人的光芒。我渴望一路走來，也能像她，無論走到甚麼階段，也一直抱有夢想，偏執地熱愛世界，張狂地在夢裏飛翔，任日子如何，也執意當一個有靈魂的人。

於是我在想，我們之所以互相羡慕，
會不會就只是因爲我們不曾擁有過彼此所擁有的呢？
就像是我不曾擁有過星空，
他不曾擁有過萬家燈火一樣，
也像是有些愛情，因為不曾擁有，
所以再看一眼，還是很想擁有。

我們的靈魂總是互相羨慕

「你會害怕坐電單車後座嗎？」他把黑色的安全帽遞給我，靦腆地看著我問。

「怎麼會怕？」我笑著說。然後就坐上了他的電單車後座，我們馳騁到遠方。

那次跟他相約在曼谷，其實我也糾結了好久要否約他出來碰面，畢竟我們不算熟絡，我怕他只是因爲不好意思拒絕我才赴約。可是他二話不說就答應出來，於是最後我們還是碰面了，就在我住的民宿樓下。

他是緬甸人，家人都不在曼谷，數年前隻身來到這邊唸大學，畢業後在這裏找了一份工作。而我們之所以相識，是因爲我們有好幾個共同朋友，之前也有一面之緣。

去過曼谷旅遊的人大概都知道，曼谷市內有一個廣為人知的週末市集，叫洽圖洽（Chatuchak），而市集旁邊有一個公園，同樣腹地廣大，裏面有單車徑也有緩跑徑，旁邊還有咖啡廳。那天他問我想去哪裏，我說沒所謂，於是他就駕著電單車，帶我到那裏。

那是十二月的曼谷，天氣不算太熱，浮雲淡薄，偶爾還會有微風吹拂。縱使我們抵達之時是平日下午，公園内也不乏在騎車和慢跑的人。我們在咖啡廳喝了一杯咖啡後，就租借了腳踏車，圍著公園騎了好幾圈，然後找了一片草地，坐下來休息。

「在曼谷能看到星空嗎？」坐在草地上時，我忽發奇想。

「曼谷……應該看不到星空吧。」他一臉疑惑地看著天空，「你怎麼會這樣問？你很喜歡看星的嗎？」

喜歡，我說。真的喜歡，喜歡到做夢都常常會看到星空，而有星空的夢，都是好夢。

我會突然這樣問，是因爲才剛坐下來，我就發現眼前的這片草地，有點像在美國當交流生時宿舍樓下公園的草坪。我在那片草坪上曾經看過漫天星河，那是我這一輩子都不會忘掉的片段。

「每次看到星空，我還是會不期然地驚嘆宇宙的神奇。」我繼續說，腦海裏不住浮現一片又一片在不同地方看過的星空，就像一場又一場美好的夢。

他聽到後居然笑了，一副覺得我說的話很可笑的模樣，又說：「那你一定要找個機會來我的家了。」他說，他在緬甸的家就在山上的一條村子裏，那裏有一個天台，只要是天朗氣清的晚上，就能看到一大片星空。

聽到他這麼說，我忽然覺得好羨慕，又突然想起，其實我第一次被星空徹徹底底地感動到，好像也是在緬甸。

那年，我跟兩個朋友一起在緬甸撣邦東枝縣的小鎮格勞（Kalaw）徒步。我們一行三人在山上度過了三天兩夜，穿過了一個又一個村莊，越過了一片又一片稻田，每天晚上就在山上村民的住處留宿。山區的晚上特別寒冷，我們穿著風衣，還是在瑟瑟發抖。儘管如此，我們還是堅持要看星，還特地架好了三腳架嘗試把星空拍下。

那好像是我第一次發現原來宇宙山河居然可以如此浪漫，而這一切又像在提醒著我，在混沌的日子裏，世界依舊有美好的角落。

「你已經看膩了星空嗎？」我回過神來，靜靜地問他。

「不會吧。」他搖著頭，淡淡地說：「只不過，無論在哪裏，看到如何動人的星空，我都不會有太大的感覺。因為我總覺得世界上所有的星空都不及我家所看到的美。」

「也許就像我無論身處哪一個城市，看到哪一片燈海、哪一抹夜幕，也覺得不及我家的萬家燈火美。」我想了想，然後緩緩地說。

他笑了，點點頭，又接著說：「所以我很喜歡看你的萬家燈火，而你卻很喜歡看我的星空。」

他說數年前其實來過香港一次，雖然只待了幾天，但城市五光十色的面貌已足以讓他畢生難忘。

我才發現，原來縱使我們是多麼的不一樣，我們的靈魂卻在互相羨慕。於是我在想，我們之所以會互相羨慕，會不會就只是因爲我們不曾擁有過彼此所擁有的呢？就像我不曾擁有過星空，他不曾擁有過萬家燈火一樣；也像是有些愛情，因為不曾擁有，所以再看一眼，還是很想擁有。

「將來，你一定要來看看我的星空。」他突然這麼說，打破了我們之間的沉默，臉上掛著淺淺的微笑。

「而你，也要再來看看我的萬家燈火。」我看著他說。

能在遠方相遇，然後成爲彼此偶爾羨慕的人，其實也是一件非常和暖的事。像是在提醒著我，也是時候回去數算所擁有的美好。

第三章　關於生活

「能夠擁有自由就已經很足夠了」我常常這麼想。
只是後來才發現，
原來自由，偏偏是世界上最難擁有的東西。

生活其實沒想像中複雜，複雜的是我們

從小到大，我都很憧憬自由。

只不過小時候憧憬的自由是成為大人，是隨時能去公園蕩鞦韆，是放學後不用做功課，是在文具店想買甚麼就甚麼；現在憧憬的自由則是能夠欣然地為自己作出選擇，擁有孤獨的勇氣，一步一步活成自己喜歡的模樣。

有時候我想，會不會其實自由從來沒有一個既定的意思，就像人生裏許多的事情一樣，隨著年歲，會轉換成不同的樣式？

偶爾又會想，會不會其實不擁有比擁有更自由？因爲擁有得越多，靈魂好像會漸漸被慾望吞噬、束縛，然後失去自由。

還記得腦海裏第一次出現類似的念頭，是在墨西哥。那是二零一九年，我在北部的銅峽谷（Copper Canyon）旅行時，遇上了這樣的一群人。

他們是居住在銅峽谷裏的土著塔拉烏馬拉（Tarahurama）族人，也就是散落在墨西哥北方奇瓦瓦州（Chihuahua）西南部的中美印第安人。然而，他們均不以塔拉烏馬拉人自居，反而自稱為「Rarámuri」，意思是「奔跑的人」。

塔拉烏馬拉人以盛產長途馬拉松好手見稱。他們如此會跑，是因爲他們生活在美國大峽谷四倍之大的銅峽谷裏，來回山野打水、赤腳追逐獵物等都是平常事，任世界如何變遷，他們依舊過著遺世獨立的日子。

美國有一本很暢銷的書叫《天生就會跑》（*Born to Run*），寫的就是這一群天生就會跑的塔拉烏馬拉人的故事。

「他們的跑步哲學，就是回歸基本，不為財富、勝利或名聲而跑，單純是為了追求使用身體的暢快感覺」，書是這樣寫的，讓我看得非常入迷。

為了一睹塔拉烏馬拉人的生活，我在墨西哥小鎮克雷爾（Creel）停留，亦報名參加了一個當地團。導遊帶我們參觀塔拉烏馬人居住的地方，有些是洞穴，有些是小木屋，雖然都沒有太多的傢俱擺設，也沒有網絡，卻也算是應有盡有。

而我在路上所遇見的塔拉烏馬拉人，大部分都依然穿著他們的傳統民族服飾——色彩繽紛的棉質花花長裙、別緻的圍巾，還有據說是用輪胎自製的涼鞋（也就是他們參加跑步比賽時穿的鞋）。

「在《天生就會跑》還未出版之前，並沒有太多外地人知道他們的存在。那時候他們的世界，還沒有金錢這概念。」導遊徐徐地說著：「那時候他們還在過著以物易物的生活，他們的世界也簡單得多。」

「但近來，隨著這邊旅遊業的發展，這裏甚至開始舉辦超級馬拉松比賽，部分塔拉烏馬拉人發現能靠製作和銷售工藝品來換取金錢，他們就漸漸開始有了賺錢的概念。」

導遊也是個挺有靈魂的人，他邊笑說自己需要依靠旅遊業的發展來為自己帶來收入，但說到開始有賺錢概念的塔拉烏馬人時，眼神還是帶有一點唏噓。沒有金錢的世界又是怎樣呢？或許，這是一個像我這樣在金錢掛帥的社會裏成長的人永遠都無辦法想明白的問題。

想著想著，眼前不知從哪裏跑來了一個穿著塔拉烏馬民族服裝的小女孩。她手裏抱著一袋手工藝品，裏面有項鍊和刺繡掛飾等，又不停地嚷著「compra」「compra」（西班牙文裏「買」的意思）。

就像大多數在路上看到的塔拉烏馬拉人般，這小女孩皮膚黝黑，眼睛大大，輪廓很深，穿著色彩鮮豔的民族花裙子和涼鞋。

我微笑著婉拒了小女孩的邀請，只見她沒有太多的難堪或失望，轉眼就往山坡處奔跑離開了。山坡盡頭是一個巨石陣，石頭經過歲月洗禮，形狀千奇百怪。導遊說，當地人稱這裏作僧侶山谷（Valley of the Monks），因為這一帶石頭的形狀跟僧侶有點像。僧侶山谷的入口處有個半圓形的廣場，臨離開之際，我在廣場裏稍作停留。沒想到在這兒，居然又碰到了她——剛才那個向我兜售紀念品、不停地嚷著「compra」「compra」

的小女孩。但這一次，小女孩並不是在賣手工藝品，而是與三五個孩子踢球。

我站在廣場的入口處，遠遠看著踢得樂極忘形的她，又看到地上那袋被放下了的工藝品。原來，在踢球玩樂和繼續賣工藝品賺錢之間，小女孩還是選擇了前者。

聽著孩子們此起彼落的歡笑聲，我就想，也許生活本該如此。與人為樂，與大自然為伴，回歸最基本，這就是自由。就像我記憶裏的小時候，快樂是件簡單事。

想到這裏，忽然覺得，會不會其實生活並沒有我們想像中複雜，複雜的從來都是我們？在我們的渴求變得越來越多之時，生活好像也變得越來越難看清。我們窮盡一切以爲能獲得更多的自由，只是到頭來，好像還是會覺得一無所有。

「能夠擁有自由就已經很足夠了」我常常這麼想。只是後來才發現，原來自由，偏偏是世界上最難擁有的東西。

似乎就像人生所有的選擇一樣，遊牧是一種選擇，
從來都不在乎擁有多與少，
而是在乎曾經欣然地為自己作出選擇。

並非所有漂泊都是迫不得已，遊牧是一種選擇

1

那是在蒙古國的第三個晚上。

我跟著導遊，來到一個遊牧家庭所搭建的蒙古包，並準備在這裏留宿兩晚。終於能夠親身體驗遊牧民族的生活，是我這趟蒙古之行一直期待的事。

在路上聽到導遊介紹這個遊牧家庭姓Zorigoo時，我已經不住在猜測他們一家的長相，又不禁好奇他們對像我這樣的遊客是否都已經見怪不怪。

「他們偶爾都會接待遊客的。」導遊笑著解答我的疑惑，「不過像你這樣一個女生到訪他們家的，確實比較少。」

說罷，我們的車子徐徐駛到數個蒙古包的面前。導遊在我耳邊說，這裏就是Zorigoo的家，而眼前的幾個蒙古包也是屬於他們一家的。

我們一下車，就有一位男士從蒙古包內走出來，笑著對導遊說了一些話，又跟他握手。導遊說，他就是Zorigoo先生，而他剛才說的話是歡迎我們的意思。然後，Zorigoo先生讓我們走進他的「客廳」裏，又示意我可以在長方形桌子旁邊的椅子坐下。

我坐了下來，環顧四周，這一切跟我腦海想像中的蒙古包都不太一樣——我身處的這個「客廳」雖然也是一個蒙古包，空間卻比想像中大得多，設備亦沒有想像中的簡陋，甚至可以說是應有盡有。「客廳」正中央的爐灶能保暖，也能煮食。蒙古包頂部的天窗是天然燈，也是天然時鐘。桌子旁邊的木櫃子裏面放滿了碗碟，上面還放有一部小小的電視機，電視機旁邊放了供電的太陽能儲電箱。

導遊看我一臉好奇的盯著那部電視機，就說，最近不少蒙古人都迷上了韓劇，也會在蒙古包裏看韓劇之類的。麻雀雖小，五臟俱全，或許就是這個意思了。

2

那個下午，吃過了 Zorigoo 一家自己弄的奶製品後，我便出去隨便逛了幾圈。我一直背著太陽走，走過了蒙古包後面那小小的山頭，再從那邊往山下看——方圓十里，四野無人，就只有 Zorigoo 先生所放養的羊群和駱駝而已。

忽然之間，Zorigoo 先生從蒙古包裏走出來，打破了寂靜，並開始把正在吃草的羊群趕回羊圈內。於是，我就這樣站在泥濘路上，看著他把離散羊群一隻一隻趕回，看得出了神。直到身體開始隱隱發抖的時候，我才意識到，原來月亮已經冉冉的從遠方的山後升起來了，現在的氣溫就只有零下六度，也是時候回去了。

3

回到客廳後，我坐在蒙古包內長長的桌子旁邊，看著 Zorigoo 太太預備食材，看得入迷。Zorigoo 先生的父親與 Zorigoo 太太的兄長也坐在一旁。Zorigoo 太太一邊切菜，一邊用中間的炒鍋煲水，待水煲熱後，又馬上把熱水倒進一個又一個的熱水壺裏，然後又回到爐灶旁邊，一邊控制著爐火煮食，一邊跟大夥兒聊天。他們各自忙碌著，卻同時自在地跟彼此聊天。我是多麼希望能參與其中，可惜我一句蒙古語也聽不懂，也是後來導遊告訴我才知道，原來他們一路在聊的是我。

飯後，他們繼續待在客廳裏說說笑笑，導遊說，這裏本來還更熱鬧，因爲 Zorigoo 先生太太的三個孩子，也曾經住在這裏。

「只是孩子們現在都長大了，於是紛紛搬到城市裏居住。」導遊說。

我好奇地問孩子們現在都搬到哪裏，導遊說，都在烏蘭巴托。

就這樣，我們一邊喝著茶，一邊聊著草原日常，時光飛快地流逝。有這麼一刻，我都忘了自己身處蒙古包內，甚至忘了自己待在別人的家裏。聽不懂蒙古語的我就像是局外人一樣，靜靜感受著這個家庭的溫馨喧鬧。但其實我都沒所謂，我甚至情願他們記不起我的存在，這樣我就能像旁觀者般，從旁窺探他們最真實的生活。

「移動頻繁卻不寂寞」，那個晚上，我在日記本子裏寫下了這一句。明明外面的氣溫就只有零下十度，我卻感到無比溫暖。

4

明明是初春時分，但那個晚上，外面居然突然刮起了大風雪。呼呼的風雪聲把本來熟睡的我吵醒了，風雪還把蒙古包的門都吹開了。我花了好些時間，才勉強成功用繩索把那扇門固定，只是之後就再也睡不著了。

第二天清早，我睡眼惺忪的坐在客廳，吃著 Zorigoo 太太為我弄的早餐。而 Zorigoo 先生與大舅則坐在旁邊，邊喝著蒙古奶茶，邊與導遊聊著昨晚發生的事。原來昨晚的風雪實在來得太突然，所以 Zorigoo 先生需要在零下十五度的半夜裏爬起床，把羊群一隻一隻安放到有蓋的羊棚內，又把剛剛出生的綿羊安置到他們居住的蒙古包裏面。

「可是最後還是有些綿羊在風雪中離開了」，Zorigoo 先生緩緩說著。而我永遠都不會忘記他說這話之時雖然是搖著頭，語氣卻都是淡淡的，好像不特別哀傷痛惜。

那時候我想，順應著光，也順應著大自然，或許就是這樣的意思。

5

「所以，他們會想遷到城市裏居住嗎？」在這裏的最後一個早上，我悄悄在導遊的耳邊問。沒想到導遊卻馬上替我翻譯問坐在身旁的他們，而當他們聽到我的問題後，都一一皺起了眉頭，又用蒙古文對導遊說了好幾句話。

導遊尷尬地笑了，回過頭來慢慢對著我解釋：「他們說，若是他們想的話，其實隨時都可以去城市居住的。但問題是，好端端的，為甚麼要離開現在的生活呢？」

那一刻我才意識到，我問了一條非常愚蠢亦有點冒犯的問題。

導遊接著說，除非是牲口們都死掉吧，譬如是突然有一場天災之類，讓他們非得選擇另一種生活不可，否則，他們大概不會希望離開現在安逸的生活。

我尷尬地點著頭表示理解，其實羞愧得很。儘管眼前這一幕幕遊牧生活的日常在我這個城市人眼內是多麼的漂泊又陌生，在他們的眼內卻原來是一種由衷的選擇。

我忽然想到了數年前的電影 *Nomadland*，一輛車就是女主角的所有，車子駛到哪裏，哪裏就是家。我成了電影裏那些覺得她很不尋常的人，儘管我常常在網絡上寫下「生活的方式有千百種」那樣的話。

只是 Zorigoo 先生卻一臉不介意，還繼續向我報以最溫和的微笑。道別前，他還把一大堆奶製品硬塞到我的手裏，讓我帶在路上吃。

我忽然有一點捨不得回去烏蘭巴托了。這短短兩個晚上，我看見了生活的千百種方式，也遇見了我一路以來看過活得最自在的人。

似乎就像人生所有的選擇一樣，遊牧是一種選擇，從來都不在乎擁有多與少，而是在乎曾經欣然地為自己作出選擇。

並非所有漂泊都是迫不得已，好比我所遇見的他們。

原來只有在放慢腳步時，
我們才看得見沿途的風和日麗，
時光才不至於白白流於匆匆。

有一種被遺忘的日常叫作「慢」

1

生活有時候就像坐在一列疾馳如風的列車上，旁邊的風景總是光速的擦身而過，我卻來不及欣賞。有些時候，我甚至都忘了擦身而過的是甚麼。起床、上班、吃飯、下班，每分每秒都像是很實在，卻又每分每秒都彷彿很模糊。

二零一七年九月二十七日，我就是帶著這樣的模糊，從香港飛往丹麥，再坐上了前往格陵蘭的航機。其實在丹麥的時候，我的身體已經徘徊在倒下的邊緣，雖然還算不上是病倒，卻持續在非常疲累的狀態好幾天。實在有想過直接取消前往格陵蘭的旅程，乾脆在丹麥悠閒罷了，但難得請了長假期亦訂好了機票住宿，旅程好像還得繼續。

大概是因為身體不適，飛往格陵蘭那本來應該很雀躍的四個多小時航程，也顯得分外漫長。我在椅子上輾轉反側，頭很重卻睡不了，才閉上眼睛不久，旁邊又傳來嬰兒的哭聲。

後來，我好不容易才睡著，卻被鄰座的尖叫聲吵醒了。我在朦朧中睜開眼，只見鄰座的丹麥人不停指著窗外，於是，我把頭慢慢探到窗邊，鳥瞰的大地都是白色的——不，那不是大地，而是冰山。茫茫冰山漂浮在海裏，延綿到天際，看不見盡頭。

霎那間，我的疲憊彷彿被一掃而空，要不是耳邊突然傳來機長的一句「Welcome to Greenland」，我大概會以為自己還在夢中。

我突然想起了小時候對於格陵蘭的印象，是來自房間裏張貼著的世界地圖。那時候的我很好奇，在地圖上佔了一大席位的格陵蘭，會否因常被忽略而難過？明明貴為世界上最大的島嶼，比西歐加上中歐的面積總和還要大，格陵蘭卻經常孤身走在冰雪中，被遺忘在世界的一角。

想著想著，眼前的延綿冰山靠得越來越近，身體的不適像是都被拋諸腦後了。不出二十分鐘，航機徐徐降落在這片被冰雪覆蓋的大地上——這裏是格陵蘭西部的旅遊重鎮，伊盧利薩特（Ilulissat）。

2

當時是九月，格陵蘭之秋，伊盧利薩特的日間氣溫徘徊在零度上下。雖然說不上很寒冷，但北極圈零度下颼颼的北風，還是足以讓身體有點不適的我全身顫抖。

我站在機場門口，本來打算坐計程車到預訂好的民宿，只是等了又等，卻還是沒有車。過了一陣子，好不容易看到三、四輛計程車靠近，卻發現它們全都是其他遊人特地叫過來的車。

眼看遊人們三五成群地上車離去，我突然有點不知所措。正當我掙扎著要不要回到航廈裏詢問哪個誰之時，她就駛著一輛車，在我面前徐徐停下。

她是一個金啡色頭髮、綁著馬尾、看上去三十多歲的女生。

「你要去哪？」她把車窗拉下，用流利的英文問。

我馬上走上前，把我在手機裏存下了的民宿地址遞給她看。

她看了又看，搖搖頭表示不認識，又嘗試用手機裏的地圖程式尋找，卻還是找不到民宿的位置。

本來，我還以為她這樣就要離開了。沒料到她卻把車門打開，還微笑著叫我上車。

「你在這裏是不會等到計程車的。」她朝站在車子旁邊的我喊著說：「我載你去市區吧，我們一起去找你的民宿。」

就這樣，我坐上了她的車，啓程前往伊盧利薩特的小鎮中心。冰雪覆蓋的大地上有著如此溫熱的靈魂，就成了我對於這小鎮的初印象。

我已經忘了那程車坐了多久，只記得我們一邊尋找民宿一邊聊天。言談間，得知她原來不是伊盧利薩特原居民或因紐特人，甚至不是格陵蘭人。她是丹麥人，不過由於太喜歡格陵蘭的關係，自五年前開始每年夏天也過來這邊工作，每次一待就是四個月。

「你為甚麼那麼喜歡格陵蘭？」我好奇地問她。

她想了一下，然後說：「我想，那是因爲我來到這裏之後才發現，我好像都停不下來。」

我想了一想她說的話。

「好像只有在這裏，我才能找到屬於自己的生活步調。」

我本來還想問她最後找到了甚麼樣的生活步調，但我們剛好駛進了小鎮裏唯一一條大街，於是她開始熱情友善地介紹著大街裏的一切。只是她剛剛說的那一席話，卻一直在我的腦海裏徘徊了好些日子。

我還清楚記得她說這話時臉上的表情，因為那時候她說的，也好像是我。

3

及後在伊盧利薩特的幾天，我終究還是病倒了。頭兩天，外出看冰山後斷斷續續地發冷發熱，躺在床上卻無法入睡，心裏也越來越厭煩與焦躁。

第三天，頭重重的，頭痛到一個地步，我還是決定出門看醫生。只是我問了好幾個人，包括民宿主人，都說這裏並沒有門診。在伊盧利薩特，所有醫生都待在鎮上唯一的醫院裏。

於是，我拖著疲憊的身軀從小鎮中心步行到那家醫院。小小的城鎮，就這麼一家醫院，座落在懸崖海角處，門前就是看不見盡頭的冰峽灣。

我駐足在醫院門前，看著那散落在海面上的冰山——它們都是平靜的，也都是沉默的，只是靜靜地漂浮在海面上，並沒有太多的姿態，也沒有太讓人動容。

看著看著，忽然有個奇怪的念頭，很好奇眼前的冰山群到底活了多少年，經過了多少春夏秋冬，看過了多少生生死死？又突然覺得在這一幕幕讓人屏息的風景面前病倒，好像也非一件太壞的事。

最後，我並沒有在這醫院裏看醫生。因為我在門診處排了約十五分鐘隊之後，只是換來護士冷冷的一句：「這裏的人普通傷風感冒都不會看醫生」，然後叫我在市中心超市買成藥吃，多睡一點就會自然痊癒。

她說的話也許沒有錯，只是我孤身一人，又看不懂格陵蘭文或丹麥文的藥標，買藥這回事實在太困難了。於是我很努力試著向她解釋我的難處，但她都沒有理會，甚至沒有回過頭來看我。

直到我沮喪地踏上離開醫院的腳步時，她卻突然把我叫住，上前把兩包藥塞進我的手裏，叫我回去試試看。她突如其來的友善讓我一時之間反應不過來。我看著懷內那兩包藥，突然像是得到了一個大大的擁抱，儘管她還是冷冷地說「不保證有效的」，又說，「休息才是最有效的藥」。

4

我抱著兩包藥，在步行回民宿的道路上，居然碰到了她——那天從機場載我到小鎮中心的丹麥女生。

她笑著對我說，其實會在這小鎮上重遇並非難事。因為伊盧利薩特這麼小，小鎮中心基本上就一條街而已。也因此伊盧利薩特的幾千居民基本上家家戶戶都互相認識，圍在路旁聊天也是平常事。

我們聊了一會兒，她得悉我身體抱恙，於是主動提出陪我步行回到民宿。本來我都不想浪費她的時間，試著婉拒她的建議，但她卻堅持陪我走了好幾個街口。

「身體需要你放慢腳步的時候，就是在提醒著你，你都走得太快了。」我們走到民宿面前的那個路口時，她突然這麼說。

明明她說的都不是我從來沒有聽過的話，但那一刻，那些話卻像是一顆落在平靜湖面的石塊，一直在我的腦海裏翻騰蕩漾。

「你所需要的是真正的休息。」丹麥女生說，像是看穿了我。

「好好休息吧。甚麼都不要想，就只是好好的休息。」她繼續說，於是我又想起了那護士剛才的一席話。

和丹麥女生道別了以後，我帶著一籃子的思緒，試著用最緩慢的步調去走剩餘那一個街口的路。我才發現，原來這條路的盡頭就是冰峽灣，而冰峽灣上還躺著一塊淡藍色的浮冰——這是我第一次察覺到這片風景的存在，縱使這條路我明明都已經走過好幾遍了。

「也許生命中有一種常常被遺忘的日常叫作慢。」那個晚上，這句話一直在我的腦海裏徘徊。

原來只有在放慢腳步時，我們才看得見沿途的風和日麗，時光才不至於白白流於匆匆。旅程如是，人生也好像如是。

相比起自由的人，
或許我更希望能當一個自如的人，
舉手投足都活在自己的步調裏，從容不迫。

忘記時間，原來是一門藝術

「忘記了世界這分鐘 跌進了這愛的裂縫……」

耳機內播著陳奕迅的歌，是那熟悉的歌詞與旋律，讓我放下了手上的書本，目不轉睛地看著窗外的風景。適逢日落時分，大草原被塗上了一層淡淡的金黃色，像一幅水彩畫。每次看到這樣的風景時，我都會暗暗地祈求這一刻會是永恆，讓我能留住這一剎那的感動。

但火車開得快，風景就流逝得更快。

不經不覺，這已是我在西伯利亞鐵路上看的第三個日落。其實，如果沒看到日落的話，我都快忘記時間了。

在火車上，時間是個很抽象的概念。日與夜，對我來說也沒太大分別。除了過關的那個清晨外，沒人沒事會逼我起床，沒人沒事會逼我吃飯。每天，我依舊的看書、畫畫、寫字，累了就睡，餓了就弄杯麵吃，或是到餐車走一趟，豬一般的生活。

在火車上，時間也是很混亂的一回事。若你問我現在幾點，我會搖搖頭說不知道。因為隨著火車駛進了俄羅斯後，時區好像一直在變，時間一直在往後行，我也跟不上了。就像過往的幾天，我一直活在北京時間裏，但今早過境後，突然發現時區已變換，上午八時多變成了凌晨四時多。明明只是十分鐘路程之隔，明明窗外還是掛著同一個剛升起的太陽，我到現在還是搞不懂，時間怎麼能一下子倒後了四個小時。

我拿著手錶跑去問車務員，他冷冰冰的回了我一句現在是「Moscow Time」。我再對對手機裏顯示的莫斯科時間——這不對啊，這絕對不可能是 Moscow Time。然後又問了另外一位火車上的員工，他把手錶舉起給我看，天啊，又是一個全新的時間，我唯有宣告放棄了。

從小到大，我都不算是一個很有時間觀念的人。只是，在地球上活了數十個年頭，還是不得不與時間框架做朋友。時光荏苒，日月如梭，在香港土生土長的我，從小被說服一刻千金，少了一分鐘，也怕會錯過些甚麼。

以前，我都被時間牽著、追著，甚至是推著走。現在，時間居然狠狠的把我一撇，任我如何拼命地尋找，它還是躲起來。我才發現，我居然有一點點感到不是味兒，居然有點想念被限時限刻的日子。原來要學會忘記時間，也是一門藝術。

我拿出了紙和筆，寫下了幾行看似很不合乎現實的文字：

「在失去方寸之先，如何在看似完全相同的環境和事物內，找到屬於自己的節奏？」

「每天坐在同一個包廂內，看著同一扇窗，蓋著同一張棉被，如何不至迷失，卻又能找到屬於自己的步調？」

寫罷，我覺得自己像上了太空，去了別的星球。我想起了電影 *Interstellar* 裏的一幕——當兩位主角從海嘯星球回到太空船時，看似只過了幾個小時，但留守的同伴對他們說：「你知道嗎？我等了三十多年了。」

火車上的一小時，就像我平時的一整天。我才發現原來相比起自由，自如好像更加得來不易。

二零一五年八月十日，我不知道我會不會這一輩子，就只有在鐵路上的這星期，才會思考這樣的事情了。

"We all have marks on our face. This is the map that shows where we've been and it's never, ever ugly." – *Wonder*

「每個人臉上都有記號，那是記錄我們人生軌跡的地圖，而它們從來都不醜陋。」——電影《奇蹟男孩》

每一道疤痕都是你獨特的記號

每一道疤痕背後都是一個故事。如果是這樣的話，那麼她們大概是我遇過擁有最多故事的一群人。

她們是居住於緬甸西北部欽族（Chin）村落的婦人。這一群婦人，又被稱為「紋臉族」，因爲她們所屬的部落有著一個獨特而沉痛的傳統：婦女均在臉部和頸部紋滿了各種複雜的幾何圖案與線條。

有關這個傳統的由來，其中一個說法是這樣的。據說古時曾經有一位緬甸皇帝，因為看到了欽族少女的美貌，於是把一位欽族少女擄走了。自此以後，村落裏的長老下令村內所有的少女都必須在臉上紋身，以減低她們的吸引力。

二零一八年十二月，我長途跋涉來妙烏（Mrauk U），為的就是造訪帶著這樣的傳說活著的她們。

前往妙烏並不容易。我先從仰光坐飛機到實兌（Sittwe），在實兌待了一個晚上後，再坐上一艘輪船，約四個小時後，到達妙烏。

但其實「紋臉族」並不居住在妙烏市內，甚至也不在妙烏所在的若開邦。她們居住在妙烏以南山區的欽族村落。從妙烏出發到欽族村落，需要坐船到若開邦與欽邦的交界處。那天，我到達妙烏之後，就坐上了一艘小船。小船上就只有我、當地導遊和船伕三人，我們沿河上行，穿過一條又一條的河道後，船伕把小船靠在河岸邊，導遊帶著我淌水走到岸上。終於，我們來到了其中一個欽族部落的居住地。

沿著泥路走上斜坡，不久之後就看到了那些用竹篾建造的房屋。數個小孩從不遠處跑過來，他們看上去就跟一般緬甸小孩沒兩樣，並沒有向我們討甚麼，只是興奮地上前來揮手打招呼。

然後，有一位婦人也從後面徐徐向我們走來。她穿著粉藍色的外套與傳統的緬甸長裙，綁起了髮髻。我從遠處已經清楚看得見她臉上紋著的圖案與線條，知道她就是「紋臉族」婦人，也知道我來就是爲了看她的，但那一刻，我卻突然有一種不知道該用甚麼模樣來與她碰面的感覺。

我想看她臉上紋的線條，但我不希望一直盯著她的臉，更不想讓她覺得我是來窺探她本來平靜又安好的生活。

只是，我也的確是專程來窺探她生活的觀光客。

但她大概已對像我這樣的觀光客見怪不怪，亦沒有太多的尷尬與避忌。我們才剛碰面，她就熱情地邀請我們坐下，還不斷用我聽不懂的語言跟導遊聊天，於是我又感覺好了一點。導遊馬上笑著說，她對我真的很好奇，因為她聽說我從香港來，卻從來沒有聽過香港這個地方。

「香港是不是在日本裏面？」她笑著問。導遊說，在她的世界裏，亞洲就只有緬甸、泰國和日本而已。

然後，她開始徐徐地訴說那關於自己的故事。

紋臉，對於她來說，是上一代留下來的古老傳統。那時候她的家人都說，紋臉是美的象徵，亦會帶來幸福。

「只是紋臉對於我們來說，都是極其痛苦的童年回憶。」她低頭看著地面，逐個字把這句沉重的話用最淡然的語氣傾吐出來。

她說，每一次完成紋臉之後，她的臉都會腫痛七、八天，期間無法睜開眼皮，也無法說話。然而紋臉並不是一、兩次就能完成，過幾個月又要再補紋，過幾年又要再補紋。所以，自從第一次紋臉以後，每一次要再補紋，她基本上也會賣力地逃跑，只是往往避不過父母。

「後來，村落裏的後輩都不再紋臉，甚至為之羞愧。」到了一九六零年代，緬甸政府開始禁止紋臉，於是，她臉上的紋，從美麗的象徵一下子變成過氣的風俗，年輕一輩不但不再紋臉，甚至會看不起這些臉上帶著花紋而活的上一代。

「那時候她們都挺可憐的，她們的後輩會嘲笑說，她們臉上的紋就像是一道又一道的疤痕。」導遊說。

我看著婦人的臉，一下子好像也懂了導遊在說甚麼。她們臉上所紋的幾何圖案都錯綜複雜，隨著皮膚漸漸地鬆弛，遠看就像一道道深深的裂痕。

我忽然想起了年少時候，曾經很介意別人看到我手上的掌紋。掌紋雖說不上是很顯眼，但我都不喜歡別人提及它，因為我知道自己的掌紋多而雜亂，我並沒有別人期望女生都有的一雙白滑雙手。

矛盾的是，明明我都知道世界並不完美，我卻沒辦法不執著於自己的不完美。每次裂痕被觸碰，心裏還是會翻雲覆雨。

曾經因為臉上的紋身而淚灑遍地的她們，今天已經不再厭惡臉上的花紋，那大概是因為紋臉現在為她們帶來觀光客，也帶來收入。每年都有數千百名觀光客長途跋涉前來她們的村落，為的就只是一睹她們臉上的紋身，聽她們說故事。有些人甚至會在村落裏逗留三五天，寄宿在她們的家裏。

於是我在想，倘若紋臉並沒有為她們帶來收入，她們又會否能像現在般放下——放下對於臉上那一道又一道疤痕的厭惡呢？

曾經聽過一句說話，每一道傷痕的存在都能讓我們不費力就被輕易看見。我想，有沒有被輕易看見其實不太重要，重要的是無論是她們或是我們，都是從一道又一道傷痕走過來，斑駁的痕跡都是我們獨特地存在過的印記。

就像我手上的這本筆記本子，其實早已破舊不堪了，但我都捨不得把它丟掉，因爲裏面的每一頁都是屬於我的故事，都是屬於我的歲月痕跡。那些褪色的筆跡與溶爛的紙張，全都是這些痕跡的一部分，見證著生命裏經過的種種——那些不完美但卻是屬於我的時光。

「每一道疤痕都是你獨特的記號」，這是那天我看到她們，心裏想到的話。我不知道這樣想是否恰當，所以我並沒有對她們說，但我卻在日記本子裏這樣記下了。

第四章　關於離散

「有人問我一個可笑又可悲的問題：
為甚麼守護？
我笑而不語
是一串苦澀的抽笑
正如愛人與家園
生命中有好些事情
不能失去就是不能失去
根本不需要原因」——《我城》何青

我情願你沒有很優秀，但忠於自己

1

二零二三年六月，我做了一件少許瘋狂的事。我從清邁機場租了一輛車，獨個兒駕著它一口氣走了三百七十多公里，來到了泰國與緬甸的邊境城鎮美索（Mae Sot）。

千里迢迢來美索，或多或少是因為對緬甸的思念。熟悉我的朋友都知道，無論走過多少個地方，讓我最難以忘懷的始終是緬甸。當初甚至有想過移居仰光，曾夢想在那邊開一家咖啡店，然後落地生根。只是在二零二一年二月初，緬甸發生政變，國防軍一下子把過往十年的民主化進程推倒重來，自此以後，我的夢想落空，亦再沒有踏足過緬甸了。

而諷刺的是，美索之所以能解我對緬甸的思念，是因為游離在這裏的緬甸人。

美索雖然位於泰國境內，卻接鄰緬甸邊境。自緬甸一九四八年獨立以後，軍政府與境內的少數民族已經持續爆發衝突，於是，這裏開始湧入大量從緬甸過來討生活的非法勞工和難民。在距離美索不遠處，甚至有九座挺大規模的難民營，收容了大批為了躲避戰火而非法越過邊境來到泰國的緬甸人。

或許就像世界各地的邊境城市一樣，美索就是一個如此獨特的存在。這裏長久聚滿了流離失所的人，他們都過著沒有身份與國籍的日子，卻被默許在這城裏一直游離，直到誰也不會知道的某年某日。

而不難想像的是，在二零二一年緬甸發生政變之後，從緬甸非法過來的人也就更多了。現在的美索甚或整個泰緬邊境，一下子彷彿回到了以前，那些緬甸人以為已經成為過去的日子——緬甸在二零一一年民主化前那約五十年的軍政府時代。

這次，我只會在美索待八天，也就是七個晚上而已。我想用盡我在這裏的時間，去探望正在流亡的緬甸朋友們。所以，我每一個晚上都約了一些人，有些是我本來的朋友，也有些是朋友的朋友，比如是他。

2

容許我先給他一個代號，就是「C」。和C第一次碰面，其實是在二零二二年十一月，那時候我和朋友同行。那位朋友本來就認識C，他是這樣形容C的：「這個人，你一定要來見見他。他很瘋狂。」

會被形容為「瘋狂」的人到底是怎樣的人？

那一天，我們跟C相約在他住的地方樓下碰面。那是一家看上去不怎麼樣的旅館，外牆都是紅色白色的，由兩幢三、四層高的樓組成，兩幢樓又包圍著中間的庭院，庭院裏有亭台樓閣，又有一些用石造的桌子與凳。

我們把電單車泊在一旁，就在那些石造的凳子上坐下，等待著C下樓。不久之後，就看到C，兩袖清風的從不遠處走來。而走在他後面的，還有他的家人——他的妻子和還不到三歲的女兒。

我看著C，他給我的第一印象有種隨性，就像他頭上頂著的金啡色微長髮一樣。

不過在妻子和女兒面前，他就像一般的爸爸一樣，賣力試著逗女兒笑，讓她向我們打招呼。他的女兒也非常惹人喜愛，明明很想跟我們玩，卻總是裝作害羞的躲在媽媽後面。

「你染了頭髮呢。」C才剛坐下來，朋友就這樣說。

「我在這裏真的很納悶呢。」C笑著說，邊拍著朋友的肩膀。那一刻我才知道，原來他那頭隨性的金髮也是最近才染的。

「我在這裏過著一模一樣的生活，已經一年半了。」C的神態突然認真起來，反射性地把眉頭皺了一皺。

原來C是緬甸人，本來拿著獎學金以學生的身份在曼谷唸大學。但二零二零年疫情爆發之後，大學改爲網上授課，於是C決定回到緬甸陪伴家人，而沒有延長他本來的泰國學生簽證。沒想到才回去不久，緬甸就發生政變了。當他再踏足泰國領土的時候，就是政變發生之後，而他帶著回來的，就是難民這個身份。

這是因爲在緬甸發生政變之時，C創立了一個地下媒體——一個每天都會出版一份前後兩頁的資訊單張，記述政變相關新聞的媒體。

「那時候網絡上流傳著很多假新聞。」所以，擁有傳媒工作經驗的C，弄了一份簡單的單張，把假新聞都過濾掉，每天發佈給緬甸市民。

但不久之後，緬甸軍政府大肆宣揚根據緬甸《刑法》，任何人只要發表有關政變或軍政府的「不合法」評論，都會觸犯法律。於是，C很快就成了被軍政府跟蹤與通緝的對象。

不出所料，軍方很快就找到了C的住處，只是那天他剛好不在家。聽到之後，為了妻子和他那時只有半歲的女兒的人身安全，C在一夜之間決定離開緬甸——他帶著非常簡約的家當，漏夜逃離這個他生活了二十多載的家，攀山涉水來到泰緬邊境。

他說這番話的時候，其實我不知道應否看著他的臉，因爲我一直在找一個剛剛好的表情去聆聽，可是好像都沒有找到。眼前的他，才二十多歲的他，比我還要年輕，但他所經歷過的，是我這一輩子也未必能想像得到的。

「那現在你有甚麼計畫嗎？」問題才脫口而出，我就馬上後悔了。我意識到自己問了一條非常愚蠢的問題，就像是問一個臥病在床的人明天打算去哪裏一樣。但C卻好像不介意，緩緩地解釋說：「我們遞交了申請，正在等待著獲批准以難民的身份移居美國。」

「只是這一等就差不多兩年了。」

那是我和C的初次碰面，那時候我們都還帶著幾分靦腆。

3

這一次獨個兒來到美索，是二零二三年六月。代表已經在這所旅館待了整整兩年。

「兩年了。」C說，我們又回到了旅館庭園，上次我們聊天坐的那一張石造的凳子附近。

這兩年來，C靠著國際救援組織的協助，一直待在旅館裏。不過這兩年間的大部分時間，C都被下令不可以離開旅館，甚至不可以離開他住的房間。他說：「那是他們讓我們待在這裏的條件。」

其實兩年，對於許多待在美索的難民來說，確實不算長。這裏不少人在難民營待了數十年，卻還是等不到一個離開的許可。甚至有人會說，相比起偷渡來到美索的非法移工，在難民營裏的難民已經算是幸福的一群，至少，他們在等待的期間，都會得到國際組織的援助。

縱使如此，我看著眼前的他，還是會覺得很可惜。倘若C在我唸的大學裏出現，他大概會是那種鋒芒畢露的人。因爲他很有才華，亦自帶光芒。他是如此輕易地讓人難以忘懷。

而C在曼谷唸大學的時候，好像真的是這樣。他說，雖然他只是在曼谷待了八個月的時間，但那學年他很投入大學生活，認識了很多朋友，亦參加了很多活動，甚至在攝影比賽裏奪下大獎。

C說這話的時候，邊展示著他在攝影比賽裏奪獎的作品。而他的作品也像他一樣，不費餘力地讓我記下了——那是一幅黑白照，但看起來就像水墨畫，拍的是泰國鄉郊魚塘裏的木魚欄。

現在的他，卻只能待在同一個空間裏，等待著不知何時才會到來的一個移動的許可。一想到這裏，我就覺得很心酸。

4

這一夜庭院的燈光很昏暗。

我喝著C不知從哪裏拿出來的威士忌，一邊聽著他說，他當初是如何和妻子帶著一個年僅半歲大的女兒偷渡來到泰國。從緬甸的家一路走到泰緬邊境，再從泰緬邊境攀越山嶺河流來到美索，C很仔細地向我描述著逃亡的過程。他說的每一個細節其實我都記得很清楚，雖然當下我一直都在喝著威士忌。那大概是我這一輩子也沒辦法理解的恐懼，酒精也無法把半點可怕刪掉。

其實他說這些的時候，我想起了一些在新聞上看過的事情。我把這些事情都告訴他，也把我所聽過的都告訴他。在那一刻，他突然好像獲得某種安慰般，然後我們還一起為「自由」而碰杯。

「若不是因為家庭，我大概會選擇繼續留在緬甸。」C突然這麼說，還連續說了好幾遍。每一次說的時候，他的眼裏都帶著一絲婉惜，卻又非常堅定。

「但倘若你那時候沒有選擇離開緬甸，或許你已經被捕了，未必能像現在這樣，繼續經營你的媒體，繼續為緬甸群眾每天搜羅最準確的新聞。」我說。

在國家與家庭之間，C好像是選擇了家庭，但其實我並不這麼覺得。日復日，他依舊在旅館房間裏整理著有關政變後內戰的各種新聞，依舊把新聞整合成單張，透過網絡發放給緬甸群眾，風雨不改。C還向我推薦了一個用來剪片的手機應用程式，說他的網媒裏面的影片帖文，全都是透過那個程式來整合的。

「會發光的人就像天上的繁星一樣，在哪裏都還能發光。」我說：「至少你還能發光，你看，你只有一部手提電話在身，已經能經營一個媒體。」

我覺得他像是擁有屬於自己的一盞燈，燈裏面的光可能是來自他的文字，也可能是來自他拍的影片，甚至是他看待這個世界的姿態。又或者，那一束光來自他自己，來自在荒誕裏，依然選擇堅持不渝的他。就單單因爲放棄比堅持容易得多，一直堅持下去的人，都像是漆黑夜空裏最亮的星。

其實C所經營的媒體有很多閱讀者，但由於他在泰國並沒有身份，也沒有能讓他開戶口的身份證明文件，所以無法得到任何經費上的支持。縱使如此，他依然默默地堅持著做這一切，通宵達旦為他家鄉裏的民眾傳播最新的資訊。

「致堅持不渝。」在明月下，在微風裏，我說，我們為世界上一直堅持不渝的人碰杯。

「其實我發現我並不那麼期待去美國。」碰杯後，C突然這麼說。

「爲甚麼呢？」我問。

「去美國好像並非真正的自由。」他別過臉去，像是刻意不讓我看到他臉上的表情。

「真正的自由是政變結束，是我們再次獲得勝利的那一天。」他抬著頭看著凳子旁邊那暖黃色的路燈，緩緩地說。

那一刻，其實我想到了很多熟悉的故事與似曾相識的說法。突然覺得大千世界裏，每一個地方好像都很獨特，又每一個地方都其實很相似，比如說，不如願與不理解，好像都是平常事。所以，重點會不會其實從來都不是如願不如願，理解不理解，而是在這些不如願與不理解的面前，我們該以怎麼樣的姿態活著。

想到這裏，我又忽然想起朋友當初把C介紹為「瘋狂的人」，現在我好像明白了。C的確是瘋狂。他瘋狂地愛他的國家，為了他的國家，他甚麼都可以做。再多的不如願也無法阻止他對國家的熱愛，這就是他，只是我居然也想起家裏的人了。

「我情願你沒有很優秀，但忠於自己。」於是我在日記寫下了這句。

二零二三年六月二十三日，我再一次遇見了這顆熾熱的靈魂。我知道他一直都會繼續發光，無論在世界哪個角落。

「剪不斷的牽掛，就是家鄉。」

當家鄉成爲了一個陌生又遙遠的名字

百無聊賴跑去看海，我想起了在古巴的日子。還記得我在夏灣拿（Havana）的住處，很近海，晚上吃飽沒事做，能漫步到海邊，吹海風，看看海，是一件很幸福的事。

入夜後的大西洋總是一片漆黑，不見盡頭，只隱約看到遠處三兩遊船還亮著燈。但南半球的夏天依然天朗氣清，抬頭滿目盡是繁星，縱使數量未如之前在郊野看到的多，但對於城市人如我來說，已經足以讓我看得出神。

但其實我對於古巴的記憶，並非一個人的海，而是與他們一起看的海。

他們，是居住在夏灣拿的一班老華僑。我會跟他們相遇，或許是偶然，也是命定。那天上午，我居然錯過了從夏灣拿開往維尼亞萊斯（Viñales）的巴士。一路流淚一路走到遊人處處的國會大樓時，突然看見豎立在不遠處的唐人街牌匾，於是忽發奇想，走過去逛了一圈。

哪知道這樣一逛，就是好幾天。

夏灣拿的唐人街，就跟不少美洲國家裏的唐人街一樣，又稱「華區」，西班牙文是Barrio Chino。去古巴之前，其實我對於拉丁美洲的華僑移民史並沒有太多認識，更加沒有想過到訪夏灣拿的唐人街。只記得數年前在秘魯旅遊時，曾經認識過一位秘魯華僑三代，他是我父母的朋友的朋友，在秘魯出生。雖然他的祖父是華人，但祖母是秘魯人。他說，像他這樣的華僑第三代，已經不太會說中文了。在利馬的時候，我們吃了一頓飯，而那一頓飯，我們都在聊日常與旅遊，並沒有說太多關於家鄉的事情。

但在夏灣拿這裏遇上的華僑，卻不一樣。

「你係咪講廣東話㗎？」那天我站在華區一幢破舊平房的門外拍照，突然聽到有人用純正的廣東話這樣問。

我馬上看過去——是一位穿著白色襯衫，一頭白髮，拿著拐杖的華人老翁。

「係啊！」我當下反射性地用廣東話回答他，但其實我根本反應不過來，亦無法理順眼前的景象：古巴縱橫交錯的街道上，中文字牌匾下，一個突然對我說純正廣東話的老翁。

然後，我跟著這位老翁，走進了破舊平房旁邊的一幢兩、三層高的大樓裏。我記得很清楚，大樓裏的牆壁都是湖藍色的，中間有個看得見天空的中庭，中庭旁邊放滿了椅子與桌子，而坐在這些椅子與桌子處的，都是兩鬢斑白又長著華人臉孔的公公婆婆。

「呢度係老人之家嚟。」老翁笑著介紹說。

「佢係香港人，自己嚟旅行啊。」我一邊跟著他走，他一邊把我逐一介紹給坐在一旁的老人家們。

原來，我無意間闖進了整個古巴裏面最多說廣東話的人聚集的地方。而這些公公婆婆們得知我會說廣東話之後，都非常驚訝又熱情。我坐在椅子上，身邊圍滿了七、八個老人家。他們對於香港的所有事情都很好奇，又好奇我為何會一個人來古巴旅遊。

「以前，講廣東話嘅人佔咗古巴人口嘅十分之一。」還記得陳伯伯這麼說：「一九五九年革命，啲人先走晒！」

「一九五九年」是在古巴人或是華僑口中都會常常聽到的年分。那年，古巴社會主義革命，為這小島國的歷史揭開了新的一頁。國家一夜之間變成共產，華區裏那本來輝煌的餐館、商店、戲院等，一下子全都被國有化，華人都被嚇得落荒而逃。而那逃不了的一群，就默默地留在這個對外封鎖了大半個世紀的小島上，轉眼間，就是好幾十年了。

被封鎖在小島上的除了逃不了的這一群，還有這城市的面貌。

走在夏灣拿華區縱橫交錯的街道上，很難不錯覺自己已回到過去。一個個中文字牌匾還在，入黑後還會亮起燈，只是裏面住的，再也不是華人，賣的，也不再是中國雜貨。我也終於明白，為甚麼別人說古巴的時間都靜止在某年某月，那些該逝去的，都沒有被取代；那些斑駁陳舊的，也沒有被換上新的衣裳。國家敲著社會主義的名堂，披著的，卻還是革命前那褪色的外殼。

我也是後來才知道，原來古巴曾經是拉丁美洲裏華人最多的國家。當年鴉片戰爭後不少華人被流放到中南美洲各國當苦力，一代接一代，落地生根，成就了一個又一個的華人

院戲鳳金
26.11.2016 - 26.03.2017
ANISH KAPOOR

社區。不過，曾經繁盛一時的古巴華區，因為各種原因，並沒有像秘魯等地的華區般越擴越大。時過境遷，當初十多萬華人，現在已剩下百多人，風光不再。

「我喺呢度六十幾年喇，以前呢度都好多香港人。」在陳伯旁邊坐著的另一位伯伯說。

這位伯伯原來也是香港人，六十多年前跟著父親來到古巴做生意，自此之後就沒有離開過古巴，甚至不知道自己在香港還有沒有親戚。

「我老竇走之前曾經講過，我有啲兄弟喺香港，當年冇跟埋一齊嚟。」

他又說，記得自己小時候住在元朗，那是很多人逃難來到南方的年代。他還問我，「由香港去大陸係咪依然要划船？」我告訴他，現在北上有鐵路和巴士，又把手機裏僅有的元朗照片展示給他看，他一臉驚訝。他印象中的元朗，會不會就只有幾片農田而已？

我跟他坐在一起，聊了大半個小時，每次說到他最愛吃的臘腸與豆腐時，他都會露出歡愉的笑容，讓老人中心的職員們都誤以為我是特地前來探望他的孫女。很可惜的是，我沒辦法當他的孫女，也沒辦法把他愛吃的都帶過來給他。

又有一位祖籍台山的婆婆，看到我手上拿著的人民幣上印著毛澤東的樣子，就迫不及待地走過來問我：「現在去中國，是不是已經不能用印有蔣介石頭像的紙幣？」我說我倒是很有興趣看看印有蔣介石頭像的紙幣到底長甚麼樣，婆婆於是說，她明天拿給我看。

看著這一群住在夏灣拿的老華僑，我終於知道了甚麼叫做跌進時間的裂縫。這一群公公婆婆，無論是對世界的認知抑或是神態，都停留在那一年——「一九五九年」。

其實一九五九年至今，大半個世紀已經過去。雖然古巴還是老樣子，但眼前這一班華僑移民，卻不知不覺已經走到了生命的最尾篇章。縱使他們的生活看上去都簡單而安好，每天在老人之家也有兩餐溫飽，閒時也有三兩知己一起打麻將，但當看到他們待我像孫兒般熱情，又再三嘗試把不知道是否還在香港的親人的名字都一一寫給我時，我突然有點心酸，亦想起了已在天家那最疼我的婆婆和嫲嫲。

到底是怎麼樣的緣分，才能讓我在這個時候在這裏偶然遇上他們？想到這裏，我不知不覺地紅了眼眶，腦海裏又浮現了張國榮那首《春夏秋冬》——

「能同途偶遇在這星球上
燃亮飄渺人生 我多麼夠運」

我很想留在這裏陪伴他們。於是，我取消了原本計劃的行程，決定把我在夏灣拿剩餘的時間，都留給他們。

接下來在華區所經歷過的事，其實算不上甚麼，但也實在難以用三言兩語記下。我彷彿當了公公婆婆們幾天的「孫兒」，陪他們打了幾圈麻將，一起去跳蚤市場，去過武術學校觀課，也一起看過海。每天聽著他們說有關歷代古巴華僑的故事，看著他們圍聚聊著過去，我在他們身上所看到的其實不是憂傷，也不是難過；更多的是婉惜，也是思念。我深深知道家鄉對於他們來說，是剪不斷的思念，也是一個遙遠卻又美好的夢。

離開的時候，我把身上所有與香港有關的物件都留給他們。哪怕只是一張年曆卡、一張港幣「十蚊紙」、一雙筷子，都足以讓他們雀躍，足以讓他們聊上好幾個小時。

一想到下次再來古巴的時候，桑榆之年的他們不知道還在不在，我突然有一種渾身的無力感，一直把我往思念裏推。從華區步行回去民宿的那一段路，我一路走一路在流淚。原來我不知不覺往回憶裏挖得很深，我想到了把我帶大的嫲嫲，原來我也想家了。

「到不了的地方都叫做遠方，
回不去的世界都叫做家鄉，
我一直嚮往的卻是比遠更遠的地方。」
——宮崎駿《幽靈公主》

原來對於有些人來說，能夠擁有夢想就已經是最大的夢想

她是清邁大學的畢業生。就跟許多緬甸人一樣，她年少的時候隨著家人從緬甸境內來到泰緬邊境，為的是尋找更好的生活。她擁有一雙明亮的眼睛，也有一個無比開朗的笑容，開朗得明明在說著很難過的事情，我都以為她日子燦爛。

「那是我夢寐以求的工作。」她看著水塘平靜的水面，淡淡地說。這裏是美索鎮附近最大的水塘，偌大的水面像一面鏡子。我們靠在水塘邊那些欄杆上，靜靜地凝視著水面倒映著那對岸的山林。

「想不到我就只能白白地看著我的夢想落空，白白地把那份工作推卻。」

其實我已經不是第一次聽她說有關錯過這個工作機遇的事情了。

上一次，我和朋友一起來美索的時候，我們跟她在商場的一家餐廳裏吃飯，她也是這麼說的。只是那次她說了幾句之後，就趕著去上班了。

清邁大學是泰國北部首屈一指的高等學府。在難民營生活了許多年的她，能夠擁有這所大學的大學學位，想也知道這並非一件容易的事。

她在大學唸的是護理系，我本來還以為她會順理成章當上護士的，她卻說，她在很久之前已經打消了在這裏當護士的念頭，因為要在泰國取得護士執照，必須懂得看和寫泰文，而她卻只會說一點點泰文。

所以，現在這一份願意聘請她的工作，其實並非護士工作，而是在國際組織裏做醫務管理。

「那是一份收入不錯，亦能讓我回饋自己社區的工作。」她喃喃地說。

她口裏不住提到的社區，就是她長大的泰緬邊境難民營。她說，她的夢想一直都是找到一份跟她的專業相關，又能回饋她的社區的工作，所以眼前的這個工作機遇可謂千載難逢，她非常希望能夠接受。

「真的沒有任何辦法了嗎？」

「真的沒有辦法了。」她低著頭說：「因為我的護照過期了。即使他們都願意爲我去弄工作簽證，但沒有護照的話，還是沒辦法弄到簽證的。」

原來，拿著緬甸護照的她，數年前曾在緬甸政變的時候，在媒體公開發表過反對軍政府的說話。在這言論被瘋狂壓制的時代，她實在沒有勇氣回緬甸續領護照，她怕回去以後，就再沒有機會離開緬甸。所以，現在沒有一本有效護照的她，只能在畢業後從清邁回到泰緬邊境，找一些短期的教育工作來維持生活。

我看著夢想失落的她，其實想到了身邊的一些人，又忽然覺得很慚愧，因爲我想到了我自己。我發現我這一輩子好像總是在迷惘自己到底該做些甚麼，又或是該過著怎麼樣的人生。有些時候，我甚至會想，是不是每個人都是這樣，一路上都在尋找理想的人生，一路的糾結，直到與世長辭的那一刻。我又會把這份迷惘歸咎於教育制度的敗壞，甚或是成長的背景。

只是眼前的她，明明一路走來都顛簸，靈魂卻毫不漂泊，也不浪蕩。她都清楚知道她人生裏想要完成的事情，只是時代是如此的無情，偏偏不容讓她一步步把夢想實現。

「她是被時代偷走了夢想的人。」我在日記裏這樣寫。但其實被時代偷走夢想的並不只是她，甚或不只是緬甸人，是世界上各個角落的人，亦是我身邊的人。

「至少你還擁有夢想。」我看著她，徐徐地說：「只要你還活著，那就代表你依然有實現夢想的可能。」

這句話脫口而出的時候，我更加慚愧了。我想到夢想對於我來說，最困難的是出發，但原來對於有些人來說，能夠擁有夢想已經是最大的夢想。

「至少現在的我，還是有所期盼的。」她是這樣冷靜地回答我的。

我看著眼前的她，一步一步從難民營走到今天的她。她是多麼的聰敏又善解人意，又是多麼的堅定而善良。我由衷的希望有這麼一天，她和所有被偷走了夢想的人，都能活成自己最喜歡的模樣。

原來有些時候，
家不僅僅是同住的人，
也不僅僅是長年累月的一種習慣，
而是一種歸屬感，
是無論在哪裏，
都還是想聽到她的消息。

無論如何，我都還是想聽到這城的消息

「老實說，我也不知道為甚麼那天會出來見你的。」那天我們坐在那家位於酒店四十九樓的餐廳時，他突然這麼說。

「網友邀我碰面，我一般都會拒絕。」他繼續說，嘴角微微上揚，臉上的神情卻有點尷尬。不過其實他好像本來就是這樣的，說話的時候總是帶著尷尬。

「那還好那天你有出來。」我說：「不然我們就不會成為朋友了。」

他笑了。

他，是我在丹麥旅行時認識的朋友。我也不知道當時是哪裏來的勇氣，居然會在一個陌生城市裏，忽然在Instagram上相約一個連網友都算不上的人碰面。其實問完的那一刻，我馬上後悔了，本來還想把訊息刪掉，但他已經回覆了。

結果那天，我們相約在哥本哈根一家日本餐廳裏碰面。還記得我站在餐廳門外，穿著大衣，卻瑟瑟發抖。我也不知道那是因爲丹麥晚秋氣溫就只有攝氏十度左右，抑或是即將要跟一個素未謀面的人吃一頓飯。

還好，餐廳的裝潢是濃厚的北歐風格，燈光是暖暖的黃調。步進餐廳後，我的心神頓時被燈光溫暖了許多。侍應把我們帶到靠牆的位置，於是我們就對著坐下來了，試著交談著認識著彼此。

他叫Nate，中文名字是「家年」。但這些我早就從他的網誌裏知道了。

在網誌中，我記得他還寫自己來自「香港和丹麥」。赴約之前，我一直在猜想他到底是一個怎樣的人，畢竟他平常發的圖大部分都是一些風景照，並沒有一張能看得見他的樣貌。

從他的文字裏，我一直以為他是在香港待過一段時間，再去丹麥唸書或工作的人。所以那時候我想，或許他的談吐舉止會像那些在歐美唸書數年然後回流的香港人，又或是像我某些常常在外地工作或生活的朋友。

但原來，他並不在香港出生，甚至沒有在香港待過太多時間。他是丹麥華僑，雖然父母都是香港人，卻早在生下他之前已經移居丹麥了。

「我在丹麥出生，從小到大都居住在哥本哈根。」

「我還以爲你是香港人呢。」我驚訝地說，因為他的社交媒體上滿滿都是香港照片。

「那是因爲我們一家差不多每年都會回香港探親一次，而每次回來我都會拍一些照片，然後放到社交媒體上。」他又試著告訴我他與香港的各種牽連。每次說到回香港這件事，他的語氣都是嚴嚴翼翼的。

「所以我是香港人，但也是丹麥人。」他笑著補充了一句，他把香港放在丹麥前面。

「那你的廣東話說得很好。」我說。

他的廣東話真的說得很好。那個晚上，我們的交談裏面，他一句英文都沒有說，我們全是用廣東話對答的。他甚至不會像我和我的一些朋友，總是夾雜著中英文說話。就連那些我們都會用英文說的詞彙，例如是「lunch」和「Sogo」，他都用中文說成「午餐」和「崇光」。

而他說廣東話的方式，有一種帶點陌生卻又似曾相識的感覺，比如說，他會形容自己為「躉仔」，也會用「嬰叾」形容別人。不是說我不懂這些詞彙的意思，只不過，在我們這一代的日常交談裏，好像比較少會用到這些詞彙。

他說，或許這是因為他的廣東話主要都是跟父母學的。就算是跟同輩或是他的兄弟姐妹說話，他都習慣用丹麥語而非廣東話溝通。

然後，我們又聊到許多香港發生的事，例如是香港最近的電影、最新的娛樂新聞、最有名的網紅等。最讓我驚訝的是，他對香港的事情都瞭如指掌，甚至比我知道得更多。我稱讚他比很多香港人更要熟悉香港，他卻一臉尷尬地搖頭否認，說那只是因為他每天都會追看香港的新聞，亦有在 Instagram 上追蹤很多香港明星。

「你有想過回香港居住嗎？」我隨便的問。

「一直都想。」他想也不想就回答了，眼神比誰都肯定。那時候他還說，他的目標是幾年之後，嘗試在香港找一份工作，然後在香港居住下來。

在這流徙是常態的年代，其實我並沒有預料過他會這樣說。

「住在丹麥不好嗎？」我好奇。

「不是不好。」他緩緩地說：「只是有很多時候，我們在這裏，都像是住在夾縫裏的人。」

「即使我們在這裏土生土長，即使我們的丹麥語都說得非常流利，但他們還是會視我們為外面來的人。」

聽到他這麼說，我一下子愣住了，這裏明明是他從小到大生活的地方，但他卻說得像異鄉。我努力試著理解他在丹麥的狀態，霎時之間不知道該回應甚麼才恰當。

突然想起有聽過一句話，說「真正的流離失所不是沒有了家，而是心不再有所歸屬」，於是，我跟他聊起這句話。他想了想，然後說，他其實也不覺得自己是沒有歸屬的，只不過是，他好像從來沒有真正擁有過他的歸屬。

「移民去丹麥是我父母的選擇，而非我的選擇。既然現在我都能養活自己了，大概也可以選擇去留吧。」他低著頭，慢慢地說。

看著說著這些話的他，我讀到惦記，也讀到落寞。家，明明好像是一個很簡單的字，裏面卻原來包含了許多許多。家不僅僅是同住的人，也不僅僅是長年累月的一種習慣，而是一種歸屬感，是無論在哪裏，都還是想聽到她的消息。

他是我在路上遇過很深刻的人，因為遇見他以後，我好像再也沒有遇過像他這樣把香港放在掌心上的人了。

Panasonic

倘若有一天我也成了失根的一群，
我只希望我也能像他們，
在所有的流離過後，
依然找到安定的港灣，
在所有的漂泊裏，都找到心之所向。

願在所有的漂泊裏，我們都找到心之所在

最近獨自走了一趟台北，我想我是愛上了，愛上獨個兒走在像台北這樣的城市。讓我最自如的是，在威士忌酒吧的那個晚上，還有在新北市中和區華新街閒逛的那個下午。

威士忌酒吧的事有機會再說，這次想寫的是華新街。

我之所以會去華新街，是因為一個關於緬甸的講座。本來我也就只是打算去聽講座而已，沒想到最後居然在那邊流連了一整天。走在那邊，有點像闖進了另一個時空，其實也不是說這裏不像台灣，只是那隨處可見的緬甸文字、坐在路旁喝奶茶的大叔、披著黃褐色法衣的僧侶、賣緬甸魚湯麵的阿姨，都輕易讓人錯覺這裏是一個城內之城，又有點

讓我想起了香港的重慶大廈。

孤陋寡聞的我後來才知道這裏又稱「緬甸街」，並不只是因為街角巷弄間的異國氣息，而是因為街道的歷史，和在這裏聚居的緬甸華僑移民。華新街是現時緬甸移民在台灣最大的居住地，街上除了有各式各樣的中、緬、印美食店外，還有一家東南亞主題書店。

略略走了一圈後，我發覺街上食店名稱都挺有趣，有些用上了緬甸地名，有些則結合了地名與不同菜式，而掛在街上的招牌大多是中文與緬甸文並列，實在讓人很難不去好奇這一個又一個招牌背後的故事。

可惜我在台灣的時間有限，沒能好好跟在地人聊天，也沒機會嘗盡每家食店的美食，不過緬甸奶茶，倒是喝了三杯。對於緬甸奶茶，我總是有一種很強的執念，或許是因爲在我所有跟緬甸有關的回憶裏，奶茶都有著非常重要的角色。在緬甸，奶茶是悠閒，也是社交。聊時事也好，聊閑事也好，也需要一杯奶茶，反正重點就是一群人圍聚在那矮細的桌子旁，喝著桌子上一杯杯香濃的緬甸奶茶。

我沒有刻意跟在這裏的緬甸華僑聊天，但大概是獨個兒坐在茶店喝奶茶的關係，偶爾總有人過來嘗試用緬甸語跟我搭話，然後我每次都澄清我不會說緬甸語。其中一個大叔，也是緬甸華僑，得知我是遊客之後，還友善地帶我去逛附近的街市，又告訴我在哪裏可以買到好吃的緬甸醬料。跟著大叔逛街市，結果就是意外地得到了很多試吃的機會。街市裏不少攤販都是大叔的老朋友，他們都熱情地邀我嘗嘗各式各樣的緬甸食品，包括他們自製的辣椒醬，以及一些家常小吃。

當中一個賣緬甸醬料的阿姨說，她是在六十年代時候從仰光移民到台灣的。因為六十年代初緬甸軍政府執政後，尼溫將軍推動了一系列排華的政策，於是，原本在緬甸落腳經已兩、三代的華人開始移居到台灣生活。大叔說，目前在華新街聚居的緬甸華僑移民，大部分都是因著相近的原因在六十年代移民過來的。另外，也有些緬甸華僑移民是在一九八八年民主革命暴力鎮壓過後才移民到台灣的。

「移民」二字，是那麼的熟悉又陌生。

我是喜歡四出闖蕩的人，但每次在外，其實我都會想家。縱使眼前的這一群緬甸華僑移民已經在這裏落地生根數十載，但每次看到天下間要離家很遠的人，我還是會不自覺的紅了眼眶。每一座城好像都有一群曾經漂泊的人。

還幸在華新街一帶僅僅走了這麼一圈後，我所看到的並非漂泊無定，而是一個又一個失根以後再落地生根的故事。於是我在想，倘若有一天我也成了失根的一群，只希望我也能像他們，在所有的流離過後，依然找到安定的港灣，在所有的漂泊裏，都找到心之所向。

家，是汪洋大海裏，盛載我們走過許多歲月的一艘小船。

家，是天昏地暗裏，讓我們覺得安穩的小夜燈。

家，是飛沙走石時，剛好在旁的避風港。

家，是一種長年累月的感覺。

家，是心之所在。

願在所有的漂泊裏，我們都找到心之所在。

第五章　關於遺憾

"I guess when you're young, you just believe there'll be many people with whom you'll connect with. Later in life, you realize it only happens a few times." — *Before Sunset*

「當我們還年輕的時候，
總會以為這世上有許多跟自己心靈相通的人。
等到年歲大了以後，才真正了解，
那種感覺，其實一輩子也不過幾次而已。」
——電影《情約半生》

可惜你我之間，就只有這一次相遇

我不會喜歡外國人的，我常常都這麼說，直到遇見了他。

他是丹麥人，頂著一頭金色捲髮，眼睛彎彎，下巴尖尖，長得並不算帥，亦不是我喜歡的類型。但我們確實是一相遇，就聊了一整個晚上。

那是一個好不平凡的黃昏，一次突如其來的相遇，在一個迴殊奇特的地方裏。那個地方叫作南斯特倫菲尤爾（Kangerlussuaq），是格陵蘭西部的小鎮，擁有格陵蘭最大的國際機場。之所以說她迴殊奇特，是因為這小鎮雖然是格陵蘭的主要航空運輸樞紐，卻只有五百多人居住，萬物之間，都有著落寞的距離。

若說伊盧利薩特是我對格陵蘭的所有想像，那麼南斯特倫菲尤爾就是叛逆者。她沒有格陵蘭的標誌性彩色小屋，沒有海面的浮冰，沒有白雪皚皚的原野，只有一片荒蕪。

只是這一片荒蕪裏卻是陽光處處，這小鎮以一年有超過三百天的晴朗好天氣而聞名，剛好與天氣變幻莫測的伊盧利薩特成強烈對比。也因為此，南斯特倫菲尤爾曾被美軍用作軍事基地，歷時半百載，直到一九九二年才結束。

我選擇在這小鎮停留，是因為她雖然一片荒蕪，卻位於格陵蘭冰原入口的不遠處。目前世界上僅有兩個地方還擁有冰原，一是南極洲，二是格陵蘭。格陵蘭冰原覆蓋的面積雖次於南極洲，卻更加脆弱，冰塊融化的速度快得多。

「我是來看冰原的。」這是我對他說的第一句話，那時我們坐在青旅廚房的木桌子旁。

十月是格陵蘭的旅遊淡季，南斯特倫菲尤爾就只有兩、三家青旅依然營業，它們全部都圍繞著機場的跑道而建。我下榻的青旅叫 Old Camp，我不知道它是否距離機場最遠的一家，只記得從機場出發，步程需要大約三十分鐘。

遇見他的那一個晚上，其實我剛完成了冰原健行的行程。那是畢生難忘的時光，我跟著導遊，在冰原上走了兩天，在冰原上的帳篷裏睡了一晚。也終於明白為甚麼格陵蘭在地圖上是白色的，走了這麼的兩天，眼前就真的只有白色而已。左邊是冰山，右邊是冰湖，在北極和暖的陽光下，腳下的冰湖偶爾融化成水，隨手就可以蹲下來拿一口來喝。

「你也是來看冰原的嗎？」看他也是抱著食物走進來，或許也是到訪這裏的遊客。

「不是。」他露出有點尷尬的笑容，「我是來這裏當導遊的。」

原來他也是冰原健行的導遊。只是他一點也不像，因為他的個子並不算高大，也沒有那種熾熱和暖的氣色，他真的沒有。

「你覺得我不像嗎？」他一下子看穿了我。

「也不是不像，只是看你出現在這青旅的廚房裏，我還以為你也像我一樣，是遊客。」我兜了一大個圈，不經意地說了一個謊。

「我們倆都是從丹麥過來的。」他指著突然從走廊處走過來的他——我回過頭來看，原來是我冰原健行行程的導遊。

「所以你們都住在這裏？」

「也算是吧，每年夏天都住在這裏。」

格陵蘭與丹麥的關係向來都千絲萬縷。法律上格陵蘭為丹麥海外屬地，但島上的居民絕大部分為原住民因紐特人，擁有自己的語言和文化。除了國防、財政和外交相關事務仍由丹麥代理外，格陵蘭的內部行政、貿易和稅務等各方面，全由她的自治政府負責。

由於自然環境艱鉅，格陵蘭確實沒辦法不長期與丹麥緊緊相連。除了大部分的食物都是從丹麥進口以外，這裏的旅遊業從業員，亦大部分來自丹麥，據説這是因爲格陵蘭人口本來就少，而會説流利英語的格陵蘭人更是少之又少。

「夏天是這裏的旅遊旺季。」他繼續解釋：「所以我們每年都會過來當導遊，待旺季結束後就回去。」

説罷，他離開桌子，走到煮食爐面前，開始弄他的煎牛排。我看著他忙著進進出出，又從房間裏拿著各種調味料走出來，在這狹小溫暖的空間裏，我忽然都忘記了自己其實身處於北極圈內，萬里冰原就在咫尺之外。

我默默地觀察著這一切，靜靜地看他與冰原健行行程導遊的互動。其實我都聽不懂他們在說甚麼，因爲他們都在用丹麥語交談。我不禁好奇，每個夏天都一起生活在這裏到底是怎樣的一回事。每天遊走在冰天雪地，慢活在人跡罕至的舊軍事小鎮裏，這或許是城市人如我永遠都不能透徹明白的一件事。

或許是旅遊淡季的關係，這個晚上，整個青旅就只有我們三人。做好料理之後，他倆本來把食物都放在另一張桌子上，但他卻好像怕把我丟在一旁，於是把食物都搬到我的桌子上，並在我面前坐下來。其實我一個人也很可以的，獨個兒走來北極圈，本來就不是爲了溫暖和熱情，我獨自一人，其實還更自在。

吃過晚餐以後，冰原健行導遊說他先回房間了。本來我還以爲他也會隨著導遊的腳步而回去，可是他卻沒有。於是，這狹小的空間裏，就只剩下我和他。

初時的我們都有些靦腆，我從來都不是一個善於在青旅與別人交談的人。我說了我的工作，也說了我家裏的一些事情。然後他又說到了他的家庭，以及他在丹麥的生活之類。直到我無意間問了他：「丹麥人真的那麼崇尚 Hygge 嗎？」那一年，Hygge 是紅遍全球的字詞，甚至擠進了《柯林斯英語詞典》的關鍵字排行榜，和「英國脫歐」齊名。

「是的。」他點著頭說：「就像是現在啊。不一定要大魚大肉，也不一定要點蠟燭，我們兩個人對著坐，互相聊著彼此，就是 Hygge。」

聊著聊著，我才發現，原來我們既相似卻又不相似。我們都是內向的人，卻都在拼命尋找生活的質感，努力地學習著在大是大非裏保持平靜。只是，他擁有無比的勇氣去為自己的生活作出選擇，而我則無比的怯懦，還沒有足夠的勇氣去實踐心裏所想。

及後我們又聊了好久有關快樂這回事。丹麥是最快樂的國家之一，對此，他也有他的看法。他說日子不一定要轟轟烈烈才快樂，因爲最大的快樂，是歸於平淡的，這是對他來說的快樂，也是對他來說的 Hygge。

本來還想替他拍一段影片，跟停不下來的香港人分享丹麥人的快樂之道，但影片才拍了一半，他突然靜下來，不說話，只是拍拍我的肩膀，示意我看看窗外。

我往窗外看，完完全全地呆住了——是漫天飛舞的北極光。我們急忙回房間拿相機和三腳架，穿上羽絨衣物，衝出門外，迎接那遍佈夜空的北極光。其實這並不是我第一次看北極光，卻是第一次在誰的身旁看北極光，亦是第一次就這樣站在門外，抬頭就看得見五彩繽紛的極光。

我一直看著天空，突然覺得北極光離我好近，彷彿伸手就能觸碰到極光的尾巴。我和他站在一起，但都沒有說話，起初甚至沒有拍照，因爲當下我們都有一種很強烈的感覺，就是我們都該專注地看著天空，感受著極光在我們的頭上飛舞，就這樣而已。我實在不知道該如何記下眼前這個畫面，我只知道我好喜歡這種感覺，還記得我對他說，這大概是我一輩子都不會忘掉的畫面。

「在這裏，其實常常都會看得見極光的。」他笑著回答說。

「儘管如此，每一次看到極光，我還是會很興奮。」他繼續說。

「尤其像這樣的夜晚，身邊有你。」他又補了這一句。

聽到他說這句話，我突然靜下來了，一下子不知道該回應甚麼。我其實不覺得我對他有任何感覺，也不覺得他對我有任何好感。及後我們都沒有再說太多的話，好像都不知道對話該如何延續下去。

看完極光以後，我們回到青旅，站在彼此房門前的走廊。我不知道那算不算是依依不捨，只記得我們對看了好久，直到他突然拋出了一句，「明天你甚麼時候要回去？」

「明天我坐下午兩點多的飛機回去。」

「明天，我送你去機場吧。」他說。當下我沒有看著他，但是我知道他在看著我的眼睛。

「好。」我點著頭說：「晚安。」

我沒有讓我們的故事有任何下文，而我們最後的道別，也是不帶半點漣漪的。因爲我知道，儘管他有勇氣相信我們之間能夠有下文，我是懦弱的，我實在無法如此相信。

「或許當下所有微妙的感覺，都是來自極光，又或是來自零下十多度裏，靈魂溫熱的他」，我是這樣說服自己的。就像曇花，如幻似真，卻在一夜後旋即凋謝；也像北極光，曾經多麼的絢爛璀璨，卻觸碰不到，只能一現。

「人生就是不停地遇見然後錯過彼此」，在回哥本哈根的航機上，我在筆記本子裏寫下了這一句。

然而我當時沒勇氣寫下的是，只是讓我們最深刻的，往往都是我們錯過了的人。

重新出發，
最需要的或許並不是重新出發的勇氣，而是安然接受自己已經失去了的勇氣

總有一天我會把你好好的忘掉

1

二零一七年十月五日，我錯過了從芬蘭赫爾辛基開往愛沙尼亞塔林的輪船，一不小心把思緒挖得很深很深。

其實也就只是錯過一班船而已，我甚至已經馬上買到了下一班輪船的船票，但我卻仍然為此抱著行李，在碼頭痛哭了大半個小時。

我才發現，原來有些傷口並不會輕易的痊癒。即使我的確還能集中做很多事情，甚或也去了很多地方，但只要傷疤稍微被觸碰，又會開始重新哀傷。

2

抵達塔林港口的時候，我雙眼紅腫，明明身體累得都快要倒下了，在船上卻睡不了。接待我的民宿主人終於到了，「歡迎來到愛沙尼亞」，他淡淡地說。於是我微笑著打招呼，努力試著裝作一切正常。他好像沒有察覺我的雙眼通紅，或許他以為我本來的樣子就長這樣。

回到民宿，我還是睡不著。每次閉起眼睛就會想起那些曾經，也想起那不小心看到的他與別人的合照，然後就開始默默流淚。其實那段感情甚至算不上刻骨銘心，亦不是一路風光明媚，但原來彼此相依了一段有分量的時光，分開的時候還是會如此疼痛。

原來要把回憶封存在一個與日常無關的角落，並沒有想像中容易。我明明把所有門都已經鎖上了，甚至以為自己已經把所有的鑰匙都丟掉了，但通往那些房間的門，怎麼像是有千百條相應的鑰匙呢？我都被回憶如影隨形的打擾得痛不欲生。

於是我在想，日子是不是一直都會這樣，偶爾風平浪靜，偶爾驚濤駭浪；是不是要待年歲過去，待我把那千百條相應的鑰匙都一一丟掉後，我才能回歸平靜。

「我的青春都虛度在這個人身上了」，這是我無辦法放下的執念。原來最難以忘懷的並非過去共渡那明媚的時光，而是他最後那一個說謊的擁抱，狠狠地往我的心房刺了一刀。

我不知道我流下的千噸眼淚裏面到底有沒有半點想念，抑或都是滿滿的不甘心與憤怒。我只知道我不甘心被背叛了，我彷彿被世界欺負了。

只是我又會為我的不甘心而憤怒，因為我明明知道世界上所有我們執著的事情，在下一刻都已經改變了，就像那段日子，也像他對我那曾經的愛。

3

「我失戀了」，還記得我站在櫃檯前，這樣對職員說。那裏是塔林最古老的藥局

Raeapteek，據說那裏販賣著一種獨家的特效藥，能夠治療失戀。

「妳很難過吧。」藥局職員看著我，「你應該也聽說過了，這款餅乾是我們藥局最有名的配方，是能夠治療失戀的特效藥。」

我接過那包餅乾，一口氣把它吃完。明明餅乾都是甜甜的，但我並沒有感到絲毫的幸福。

於是我又突然覺得自己很可笑，居然認真地相信這世界上會有治療失戀的特效藥。或許我們難過的時候都像小孩？

不，我們戀愛的時候才像小孩，我又馬上這麼想。大概是因為這樣，所以我才會那麼輕易地相信他，才會被他弄得如此狼狽。想著想著，眼淚又開始停不了的流下來。

回到民宿，想不到會在大堂裏再一次遇見民宿主人。我本來想低著頭悄悄地回到房間，只是這一次，他終於察覺到我的淚，突然上前來問候，又問我今天去了哪裏。

原來我們在最脆弱的時候，只需要一句話，就足以讓世界崩塌。於是我的眼淚又開始不住地流，彷彿流了一整個晚上。我一邊流淚，一邊說著自己失戀的故事，直到疲累得快要倒下、眼淚彷彿都流盡之時，我回到房間裏，倒頭就睡。

實在沒有想過在這樣的一個晚上，在這樣的一個城市裏，我居然會在這個只有一面之緣的陌生人面前淚流滿臉。那個晚上，大概是我第一次發現，原來縱使我一直把日子過得瀟灑，我卻沒有想像中放得下。原來曾經熱切地珍惜過，失去就是會痛，縱使我明明都知道，這一切一切早已不如當初。

二零一七年，那是一次很疼痛的失去。我洞悉了其實無論我們擁有些甚麼，最終都還是會失去，因為就連我們的生命本身，最終也是如此。於是我想了好久，倘若真的是這樣的話，會不會其實重新出發，最需要的並不是重新出發的勇氣，而是安然接受自己已經失去了的勇氣。

那趟旅程，我遇上了最脆弱的自己，我像是看懂了這世界並沒有甚麼是我們能夠永遠擁有的。時光很恍惚，記憶很虛幻。愛沙尼亞對於我來說，全都是眼淚，又像是一場夢。

既然日子偶爾遺憾，
我們偶爾惋惜，
或許我們需要做的就只是繼續熱愛。

遺憾，是因爲我們曾經熱愛

二零二三年十月二十六日，我被遺憾摔得重重的，卻沒辦法接納它的存在。

三天前，我把拍滿了照片的相機記憶卡弄丟了。結果就是，這趟與家人同行的格魯吉亞旅程的 95% 照片都失去了。

為甚麼會弄丟的？

我還記得清楚，更換記憶卡的時候明明我都安坐在車子上，小心翼翼地把剛從相機裏拿出來的記憶卡放回盒子裏，我甚至有叫正在駕著車子的爸爸減慢車速……

我想了好久好久，卻還是無辦法理順這件事。

最詭異的是，我之所以會突然在旅程的最後一天更換記憶卡，就是因為害怕自己不小心弄丟記憶卡裏的照片。我的相機是有兩個記憶卡卡槽的，而我並沒有把兩個卡槽內的記憶卡都拍滿。那時候，其中一張記憶卡剛好滿了，而另一個卡槽的記憶卡需要格式化才能使用，我怕在格式化的時候會不小心影響那張已經拍滿照片的記憶卡，所以才特地把它拿出來，再將另一張卡格式化。

結果，就在過程裏，我把拍滿照片的記憶卡弄丟了。

想到這裏，我頓時覺得這一切雖然看似是意外，卻又好像是命定的。我不知道這樣去解讀是否正確，但我想到了「墨菲定律」——彷彿當我越害怕某些事情會發生時，事情就越會發生。

我也知道這算不上是甚麼大事情，畢竟記憶卡裏的相片也都是身外物，但我的反應卻遠比自己想像中大。

一向都覺得自己是個情緒快來快去的人，以為抒發了一遍、睡過一覺就會感覺好一點。

只是這一次，過了整整三天，我的心情還是沒辦法完全平復。那幾個晚上我都睡不了，每次閉起雙眼就會想起更換記憶卡那一幕，拼命試著記起當時每一個動作與細節。

我很自責，也不甘心，實在不願意接受我居然這樣就把三個鏡頭下的心血弄丟了。

那種失落的情緒，居然讓我想起那時候被在一起多年的男朋友背叛——我的確還能集中去做許多的事情，但每到夜闌人靜的時候，又會開始重新哀傷。

於是我又會怪責自己的不甘心，明明美好的風景都已經看過了，回憶我也擁有了，卻還是會為沒能好好用相片記錄沿途的風景而如此難過。

我不停跟自己說要 move on，既然都已經失去了，何必為之大驚小怪或耿耿於懷？

只是，我都沒辦法 move on。

我甚至都不願記起沿途看過的巍峨，亦不想再翻看手機裏的相簿。我才發現，原來那些旅程中的照片對於我來說，就像自己花了許多時間創造的藝術品，遠比我想像中重要。

我窮盡想得到的方法去尋找。我找上了租車公司，也打電話到我所路過之地附近的餐廳，在 Instagram 上冒昧請求當地人替我尋找，甚至在臉書上聯繫正在格魯吉亞旅行的人……我真的捨不得就這樣放棄，依然暗暗期待著會有奇蹟出現。

直到我看到這麼一個訊息——「如果我是你，我不會強迫自己豁達。」

我流下眼淚。那一刻，我才開始意識到，原來枉論大小，所有失去的本質都一樣。失去旅行相片的悲慟程度當然不及失去所愛的人，但失去就是失去，對自己有意義就是有意義，不管是人還是物。

為小事哀傷真的沒甚麼問題，只不過是社會往往告訴我們哀傷是一種病，不被影響心情才是成熟。卻沒有人會告訴我們，生命裏之所以會經歷失落，都是因為我們都曾經愛過，曾經全情投入過。之所以會失落，是因為我們曾經都珍而重之。

微妙的是，在我開始懂得跟自己說不用急著好起來的時候，我就開始慢慢釋懷了。

直到寫這篇的今天，我能重新翻閱手機裏的記錄，而且出乎意料地心境平靜，我就知道，我已經完完全全的從情緒裏走出來了。

縱使有一、兩秒還是會不自覺地想起相機在我肩膀上的重量，但那種零散的思念，大概是因為還有一點點的不捨與遺憾，而遺憾當中最大部分，是因為我在旅途中一路忙於自駕，來不及看當時自己拍的照片。真的，因為一張都沒看過，所以還是不願相信它們就隨著記憶卡消失了。

這樣想來，之所以會覺得如此遺憾，也是因為對旅程珍而重之，怕走一趟像這樣的路，一生就只此一次。

想到這裏，我才發現，那些我們遺憾的與那些我們珍惜的，原來靠得這麼近。又或者該說，那些讓你遺憾和想留下的，其實是同一件事。我們會有遺憾，是因為沒有一個瞬間能夠重來，但人生之所以有意思，亦正在於此——每個瞬間都只此一次。

這樣看來，遺憾並不是一件太壞的事？生命之所以抱有遺憾，正在於熱切投入過。

既然日子偶爾遺憾，我們偶爾惋惜，或許我們需要做的就只是繼續熱愛。

很多人說，旅行是人生的縮影，現在的我反而更覺得它像是一面鏡子。只是沒想到，這面鏡子在一趟和家人待在一起的旅程裏，依然能如此清晰。

倘若期望與現實本來就是存在落差的，
那麼會不會其實不對別人抱有太多的期望，
才是對待自己最溫柔的一種方式？

原來要有足夠柔軟的心，才能承接生命裏的種種失落

一直糾結著該如何寫Luri。

認識Luri，是在秘魯安地斯山脈之城瓦拉斯（Huaraz）。瓦拉斯是安地斯山脈中最大的城鎮，位於秘魯首都利馬以北，從利馬坐大巴前往，車程需要約六小時。

瓦拉斯有的是山峰與湖泊，又或者該說，瓦拉斯本來就是山峰與湖泊。所以，對於登山愛好者來說，瓦拉斯基本上是天堂，除了有多條可以一天內完成的高原湖泊健行路線外，亦有一些可以走三、四天的經典路線，例如是四天三夜的Santa Cruz trek。

而吸引我遠道而來的，正正就是瓦拉斯的山。我雖然不是登山愛好者，但山總是讓我著迷。總覺得山的靈魂是堅定的，任歲月如何變遷，星宿如何運轉，它都依然默默地守護著一切。

第一次看到 Luri，就是在瓦拉斯青旅登記入住的時候。由於這裏的亞洲面孔並不多，我從大老遠就在交誼廳的角落處看到她了——個子不高，黃皮膚，看上去有點像香港人，不過她好像沒看到我。後來，我拿著行李上房間的時候，剛好在樓梯轉角處與她擦身而過，而這次她也看到我了。她沒有馬上跟我打招呼，卻是帶著好奇的眼光一直看著我走過，然後忽然把我叫住。

「你好，講中文嗎？」那是 Luri 對我說的第一句話。

「會喔。」我回過頭來，點著頭也報以微笑，感覺這是一個意料之內的開場白。

「太好了，我是台灣人，我們可以一起玩。」她笑著說，我聽得出她的台灣腔，而她比我想像中熱情。

雖說自己是台灣女孩，但後來我才發現，Luri 除了血統之外，根本是百分之九十九的南美人。她出生於阿根廷，拿的是阿根廷護照，在布宜諾斯艾利斯長大，母語是西班牙文，就只在台灣待過一年。若不是因為父母都堅持跟她說中文，她基本上是沒有機會說的。

記得那個晚上，Luri 邀我去吃泡麵。於是我們就在青旅的廚房裏，邊煮泡麵邊聊天。我約略說了些自己的事情，說了甚麼都忘了，只記得在談話的過程中，我努力裝出一副隨性的樣子，因為 Luri 給我的感覺就是一個這樣的人。

然後，Luri 開始說她的故事。她說她在西班牙的大學畢業後，本來打算獨自歐遊。但歐遊了兩個多月後，還是覺得歐洲物價太貴，於是決定回南美旅遊。現在，旅行已近四個月的她，旅費已用得七七八八，需要另覓別的旅遊方式省錢。所以，在我來瓦拉斯的前一天，她已決定未來的一個月也會留在這裏，因為這家青旅的老闆答應了讓她在廚房工作打工換宿。

我驚訝地看著她說：「在這裏打工，真的嗎？」

「對啊，怎麼了嗎？」她回答說，邊把煮好了泡麵夾到碗子裏。

「沒甚麼，只是好奇你為甚麼會選擇在瓦拉斯打工換宿，而不選別的地方，例如是Cusco。」像她這樣西文流利的人，在別的地方打工換宿應該也不難。而在這裏打工的話，每天都要凌晨四時爬起床，為清晨去行山的宿友們準備早餐，聽起來有點辛苦。

「這裏好吃好住，老闆人又好。最重要的是，因為我喜歡山啊。」Luri毫不猶豫地回答說：「山就像可以交談的老朋友一樣。」

就是因為她說的這句話，我突然覺得跟這個女生大概也會聊得來，因為我們都喜歡山。

「來瓦拉斯的人，或多或少也喜歡山吧。」我說，「可能是喜歡被山療癒，也可能是喜歡爬山的感覺，又或者是把山看成一種挑戰，喜歡征服它的感覺。」

「那明天就跟我一起爬山吧。」Luri忽然回過頭來，很熱情地看著我說。

「明天？」我再一次驚訝地看著Luri：「我才剛到這裏，明天就攀山的話，我怕我會有高山反應呢。」瓦拉斯本來已經是一個海拔三千多米的山城。

「別擔心。」Luri拍拍我的肩膀，「我們可以選擇一條容易的健行路線，而且這邊的健行團是有領隊的，還有我照顧你。」

我應該是瘋了才答應她隔天就去行山。最後我們走的是帕龍湖（Laguna Paron），其實也算是頗容易走的一段山徑，搭乘旅行社的車就能直接抵達帕龍湖湖畔，沿著湖邊一直走，再往上爬一小段路就已經到達旁邊山坡的觀景點，能鳥瞰整個湖的景致。

只是湖泊的海拔超過四千米，而且若要走到湖畔上方的觀景點，還要走過一段稍微陡峭的山坡，也要攀過一些大石。本來我覺得自己還可以的，但走到湖畔上方的觀景點後，身體就開始出現些微高原反應，一路下山一路覺得頭昏昏。回程的那段路，我每走十步就要停下一步，記憶裏沿途風光都是無比的溫柔，但我的身體待我好不溫柔，每一幀風景都得來不易。

我一路的步伐如此蹣跚，Luri 卻是不厭其煩地一直陪伴在身旁。她二話不說替我拿背包，又用她的熱水壺替我弄了一杯據說能減緩高原反應的古柯茶。

當下我很感激她的照料，甚至慶幸獨自旅行時能在這裏遇上了她。於是，我們就成為了彼此的陪伴，及後幾天都一起外出晚飯，直到有一晚，我們在青旅聊天時，她突然提出了一個讓我一下子不知道該怎樣回應的請求。

「你可以借五百元美金給我嗎？」

「我的銀行提款卡被封鎖了。」她解釋說：「我明天再嘗試叫父母匯錢給我，之後再還給你可以嗎？」

我愣了一下，在想該用甚麼理由來拒絕她。五百美元對於當時還是學生的我來說，絕對非微不足道，甚至可以是我兩個星期的旅費。但我又想到了她一個女生在這裏沒有現金大概很麻煩，實在不好意思就這樣把她拒諸門外。

「其實我也沒有帶太多錢呢。」我抿了抿唇，嘗試解釋說：「或許我先借你一百美元，這樣可以嗎？」

我本來還以為她會覺得失望的，但她馬上點點頭，一臉感激地看著我，並向我道謝。於是我鬆了一口氣，從隨身包拿出了一百美元遞給她。她接過了以後，熱情地上前來給我一個大大的擁抱，還說我是她的救星。

就這樣，我們又好像回到了最初。我們一起離開了青旅，打算外出吃晚餐。

那是一個算是美好的晚上，她帶我去了附近菜市場的一家快餐店。她說那邊的雞腿飯賣得很便宜，於是我們吃過飯後，又用省下了的錢來買啤酒，一起坐在路旁喝。她還嘗試教我西班牙文，又把我介紹給她的當地朋友認識。

只是過了兩天，她又突然提起借錢的事。

「我剛剛收到了之前在利馬住的地方通知，說我之前給他們的支票被退回了。我已經通知銀行了，但我還未收到銀行的回覆……」她低著頭緩緩地說。

「你可以先借我三百美金嗎？」她問：「好讓我先付給青旅，讓青旅替我匯款給他們，不然利馬那邊從明天開始就會向我收罰金。」

我再一次不懂得怎麼反應。我看著她，雖然她只是一個我在路上遇見的人，但我想到了這幾天我們相聚的時光，就這樣堅決拒絕她好像很殘忍。只是我又想，我們的關係並非親密到我能不計代價地為她付錢，更何況她說的話聽上去有點奇怪，是真還是假，我都無辦法確定。

於是我嘗試禮貌地向她解釋說，這趟旅行我真的沒有帶太多錢，而且我還要一直南下到

阿根廷，應該沒辦法再借錢給她。

「不如你試試找父母協助？」我說：「或許這樣會比較容易。」

只是她聽到後，好像有些茫然，沉默了數十秒。然後，在丟下了一句「沒關係」以後，她回過頭就走了。我沒有追上前，只見她頭也不回地一直往前走，大概是回到她的房間去了。

自此之後，我沒有再看過 Luri 了。奇怪的是，我們之前明明交換過聯絡電話和臉書，但無論我在通訊軟件裏還是臉書上找她，她都沒有回應。

後來我問過青旅，他們說她隔天已經坐車回去利馬，說有一些私事要處理。她回利馬處理的到底是支票被退回那件事還是別的，就連那些和她相熟的青旅職員都不知道。

其實直到那一刻，我都還是選擇相信她是善良的，儘管她不辭而別，儘管我借給她的一百美元她都沒有還。但是後來，我有一名朋友居然在玻利維亞遇上 Luri，而他亦認出了 Luri 是曾經在我的照片上出現過的女孩，於是與她一起玩了好幾天。

然後有一天，朋友突然找我，說Luri對他說不小心弄丟了提款卡，並問他借錢。朋友聽到後覺得有點可疑，於是找上了我。朋友說，Luri解釋說她不能問父母拿錢，因為父母都不知道她在秘魯，以為她還在西班牙的學校裏唸書。

聽到之後，我的心像是突然被挖了一個洞。

「Luri之前好像沒有對我說過這樣的話。」我戰戰兢兢地說：「她並沒有說過，她的父母不知道她在秘魯這件事。」

而且她上次說的是，她的銀行提款卡被封鎖了，還說會叫父母匯錢給她，之後再還給我。

說罷，我忽然想到那天她一直陪伴在我身旁，挽著我的手一步一步把山徑走完的畫面，頓時覺得不寒而慄。又想到自己以前寫過的那些，像「我還是選擇相信這個世界上的好人比壞人多」這樣的話，心裏都是滿滿的不安，原來在寫那些話的時候，我根本都承擔不了它們的重量。

突然覺得生而為人其實好不容易。我們一天一天的長大，好像在逐漸地往前邁進，卻又好像會越來越懷疑從前的自己。比如說，我們會因為失敗而被自卑擊倒，於是開始懷疑從前高呼著的那些無所畏懼其實都只是太單純；又或是，我們會發現以誠待人好像並不一定能換來別人真誠的對待，於是開始掙扎著是否應該繼續以誠待人。

「我想讓自己的心變得更柔軟」那個晚上，我想了好久，然後悄悄地寫下這樣的一個願望。

我在想，倘若期望與現實本來就是存在落差的，那麼會不會其實不對別人抱有太多的期望，才是對待自己最溫柔的一種方式？

寫著寫著，本來覺得好像很消極，但逐漸又覺得其實也不盡是。既然長大本來就是一趟跌跌撞撞的旅程，從來沒有人應許過美好事情都會如期而至，我們好像真的需要擁有一顆足夠柔軟的心，才有能力去承接生命裏的種種失落。

那是Luri這件事教會我的事，亦是我至今都依然在跌跌撞撞中學習的一件事。

第六章 都是過程

還是選擇相信，靈魂相遇從來不是意外，
好比我在鐵路上遇上的他。

茫茫人海裏，我們都是彼此的過客

1

晚上十一時，火車準時從北京站開出。我坐在車廂內，看著窗外慢慢開始移動的風景，實在難掩心裏的期待與興奮——我終於坐上了這條夢寐以求的西伯利亞大鐵路了。

由於去西伯利亞的決定實在太倉猝，我買不到最熱門的北京－蒙古－莫斯科路線（Trans-Mongolian）車票，只買到了北京經滿洲里入莫斯科（Trans-Manchurian）路線的車票。不過，上車後才發現，這也算是個小確幸。因為這條路線比較冷門，火車上的人並不多，我的四人包廂裏，暫時就只有我一人而已。

雖然火車還會停站，明天可能也會有其他乘客上車，但本來買了最便宜車票的我，突然能奢華地獨自包廂一晚，心裏突然有一種莫名期待。

但這好像就意味著，未來的四天，我要更迅速地愛上孤獨——沒有網絡、沒有娛樂、沒能洗澡、沒有同伴，可能就只有我自己、車廂內的寧靜，和車窗外那不會為我而停留片刻的風景而已。

寫著寫著，我的眼皮也開始緩緩地向下沉了。原來火車上的床鋪沒有想像中硬。於是，我閉上了眼睛，聽著窗外的轟轟鳴笛，試著讓自己入睡，心裏想，這趟旅程，應該會是一場修行。

2

在火車上的第一晚，我並沒有睡得很好。在朦朧中醒了好幾次，有時候是火車剛好停了站，被月台上不知哪裏來的熱風吹醒了；有時候則是同卡車廂內的小孩突然尖叫，被吵醒了。原來，要在搖晃中睡得香甜，也是一種適應。

直到我真的決定要張開眼睛時，火車已經到達瀋陽了。我把頭探到窗邊，看著那熟悉的車站，想起了大學二年級時曾經在大連工作，然後與一堆朋友從大連坐火車來這邊玩，回憶是多麼的若即若離。時光荏苒，原來那段青春，經已是很久之前的事了。

我刷了牙，洗了臉，然後回到自己的車廂內，沖了一杯立頓奶茶來解一下我對港式茶餐廳奶茶的癮。我本來把車廂門打開了，打算讓路過的人找我聊天，但才過了一會兒，我還是忍不住把門關上。原來，我的心底裏還是非常渴慕孤獨的寧靜。

於是我翻開了畫簿，突然想起小時候曾經夢想當插畫家。我很努力記起那時候我是如何看待這個夢想的，其實片段都模糊，但好像說過「無論如何，我也要堅持這個夢想」那樣的話，甚至還試過把自己的插畫裏的主角弄成小布偶和鑰匙扣。突然被從前那份對於夢想的熾熱與認真驚訝到。年少的時候，怎麼好像從不覺得夢想是件空泛又遙遠的事？

這樣想來，原來旅行讓我重拾了很多以往，比如是，第一次歐遊時重新愛上攝影，旅遊南美後重新愛上寫作，現在開始重新愛上畫畫。

我不知道重拾過往可不可以是一直旅行的原因，只知道，我突然很渴望這趟鐵路旅程會是永久。

3

西伯利亞鐵路上的第三天。

正當我睡午覺睡得香甜時，突然有人把車廂的門推開，要把行李推進車廂內——看來我終於有同房了。已經兩天多沒說話的我，突然看到人類，馬上嘗試用英語打個招呼。一名看上去四、五十歲的大叔看著我，一臉迷惑，只回覆我一句我聽不懂的俄羅斯文。

原來他是俄羅斯人，不會說英語，我又不會俄語，所以接下來的十多分鐘，我們都沒有說話，只是靜靜地坐在彼此的對面。

我本來嘗試著介紹自己，說了句簡單的英文：「Hi, My name is Victoria」。但他看著我，搖搖頭，表示聽不懂。可惜鐵路上並沒有網絡，我都無法用手機裏的翻譯程式來把這句話翻譯成俄文。

我唯有翻開我隨身攜帶著的那本《孤獨星球》最後幾頁的基礎俄語，賣力嘗試讀出「我的名字是——」的拼音。然而，我顯然讀得很錯了，他聽得一頭霧水。我於是乾脆把那本《孤獨星球》放到他面前，用手指著「我的名字是——」那行給他看。最後，他終於點頭微笑了，用筆寫下了這一句「меня зовут Sasha」（我的名字是Sasha）。

那時候，我真想告訴他，Sasha，你是我的第一位俄羅斯朋友。

4

火車上的第四天，我張開眼的時候，看看手錶，才凌晨五時。本來打算去梳洗一下，但火車已停靠在烏蘭烏德（Ulan-Ude）站，洗手間的門也上鎖了。

烏蘭烏德，布里亞特共和國的首府。別人都說，它是蒙古味道很濃厚的西伯利亞城市，也是中俄蒙三國營商的要地。於是我頭髮也懶得梳，鞋也懶得穿，就穿著拖鞋，出去逛了一圈。

步出火車站的時候，遇上了昨天過境時認識的天津男生。唸歷史系的他，很興奮地跟我說了一遍烏蘭烏德的歷史。從農村小鎮，到哥薩克的要塞，再因著與中蒙兩國經商，成了西伯利亞平原上的大城市，他津津樂道，而我也像上了一堂歷史課。

火車停留的時間不多，於是我買了些小吃，拍了幾張照片，就趕忙跑回去了。才回到車廂，Sasha 就突然指著檯面跟我說了一句話。我搖搖頭，表示聽不懂，但他還是不斷地重複說那句話。我呆呆地看著他，真的聽不懂，他就放棄了。

後來，火車開動後，我用剛才在烏蘭烏德買的麵包和火腿，弄了個三文治當早餐。吃著吃著，又睡著了。再醒來的時候，就是 Sasha 突然大聲呼喚我的名字「Victoria」的時候了。

我慢慢地睜開眼：「Yes?」

「Baikal!」他指著窗外說。

我連忙爬起床，看出窗外，只見到一大片藍——淡藍色的天空，和蔚藍色的湖水。

我知道，這就是西伯利亞原野上很有名的貝加爾湖了。貝加爾湖是世界上容量最大的淡水湖，亦是我嚮往已久的地方。於是，我急忙把相機拿出來，不停的拍照。沒有想到的是，已經看過了貝加爾湖千萬遍的 Sasha 看到我如此雀躍，居然也拿出手機來跟著我一起拍照。

後來，他大概是知道了我喜歡攝影，就指著我的相機示意我教他用。只是我們都真的完全沒有任何共通語言，於是，我就嘗試用肢體語言來教他調光圈和快門。其實我不知道他是否真的聽得懂，只見後來他拿起了我的相機，又裝模作樣地嘗試按我的指示調校光圈和快門。我們對著看，然後會心微笑，我就想，他有沒有學會大概都不重要了。

火車經過貝加爾湖，就意味著這趟三天三夜的鐵路旅程即將要結束。我下車的城市叫作伊爾庫茨克，是西伯利亞鐵路上距離貝加爾湖最近的城市。雖然我在那兒停留一星期後還是會再次坐上火車，走餘下那一段四天三夜的西伯利亞鐵路，但或許，我就再也不會遇上這一班車、這一個座位，和這一群人了，更不會再遇見他——這趟鐵路旅程裏與我對著坐的他。

忽然覺得人生裏又許多遇見都像這樣。在茫茫人海裏，我們不約而同地選擇了在同一天，坐上了同一班火車，在同一車卡上的同一個車廂裏遇見。也許我們的相遇只有片刻而已，也許我們的相遇都是漫漫長夜，但我們都只是彼此生命裏的過客，沒有誰能夠陪伴誰走到最後。只是這樣的相遇卻又好像不完全是偶然，亦不完全是意外，好比我在鐵路上遇上的他。

下車的時候，我們交換了電郵（但他的電郵是俄文的，我完全不懂得怎樣打進電腦）。

我答應了會把照片發給他，然後他看著我，沒有說話，只是不停地微笑著點頭。

我看著他，心裏說了一句，再見了，列車上跟我對著坐的俄羅斯朋友。

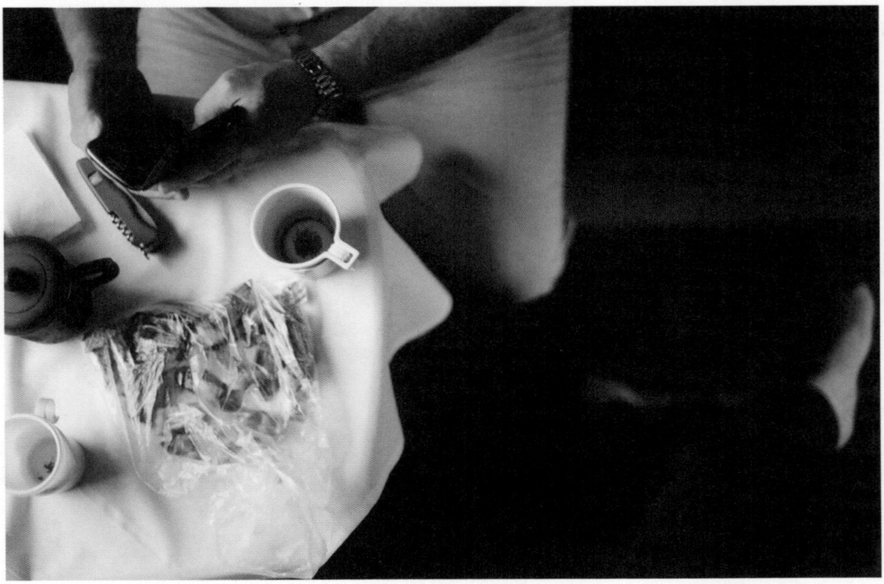

旅行的快樂從來不在於目的地，而是在於過程。
風景再絢爛也好，記憶也是整體的，
當中遇見的人和事，全都是過程，不能說刪掉就刪掉

所謂目的地，其實一直在路上

1

人生有許多的事情，看起來都是不切實際的，卻又偏偏能輕而易舉地讓我們感覺到很自在。比如是，在洗澡時放聲唱一首歌，又或是，在白紙上不停抄寫一段歌詞；也可以是，在耳機內單曲循環重複播放一首歌，抑或是，在電影院把同一齣電影看三、四遍等等。

「鐵路旅行」在我心裏面，就是這樣的一個存在。

二零二三年十一月二十四日，我帶著這樣的執念，坐上了從越南北部河內開往南部胡志明市的「統一鐵路」。

統一鐵路，其實原本的名字是「南北鐵路」，因爲它連接著越南北部和南部，貫通了這個在地圖上看起來相當狹長的國家。這條鐵路始建於法國殖民時期，早在一九三零年代已經開通了。不過，能從越南北部一路沿著鐵路南下原來非必然，因爲越戰時期，國家分裂，這條鐵路亦曾在廣治省被分為兩部分，直到越戰結束後越南統一，兩段鐵路才再度合併通車，南北鐵路亦因此被冠上統一鐵路這稱號。

這樣想來，統一鐵路可謂看盡越南近百年來的興衰變遷，對於越戰時被分隔於兩地的越南人來說更是別具意義。也因為此，我一直都很想把這條鐵路坐一遍——不為目的地，也不為中途站，只為了花三十六小時，把這條鐵路從頭到尾坐一遍。

2

我這次坐的班次是SE1，晚上發車，從河內開往胡志明市。大部分乘客都是跨鎮去度假、探親或工作的當地人，有的只坐一個站，有的會坐四、五個站，有的也會坐上一整天，但像我這樣一路從河內坐到胡志明市的人，實在寥寥可數。其實這也是意料之內，畢竟坐飛機從河內到胡志明市明明就只需要兩小時而已，坐火車卻需要花上三十六小時。

於是，坐在四人包廂內的我，就這樣坐在下鋪床位上，看著車廂內的人們進進出出、上上落落；而不懂越南文的我，每每就像局外人般，靜靜地觀看著車廂內的悲歡離合。

還記得第一個晚上，睡在我旁邊的是一對只會說越南語的中年夫婦，而睡在我正上方上鋪的則是一名會說一點點英語的越南大叔。

由於發車的時間是當地時間晚上約九時，我上車的時候，他們都已經躺在床鋪上，準備入睡了。那個晚上，我們唯一的溝通就是我嘗試用手勢向他們示意我即將要把車廂裏的燈關掉，還記得躺在上鋪的大叔急忙點頭回應。

其實早在出發之前已經聽說過，統一鐵路沿用的是今時今日已經很少見的「米軌」（軌距只有一米的窄軌），由於軌距窄，火車不能開太快，平均時速才五十公里，路況亦特別顛簸。只是沒料到鐵路軌道狀況之差，是無論在車廂內躺著坐著也會明顯感覺到。還記得火車行駛時，在上面走動基本上很難平衡，有時候火車突然靠站時，放在桌面的東西還會掉到地上。

那個晚上，我本來還擔心自己會耐不住這樣的顛簸，沒想到最後居然倒頭一睡就像昏倒了似的，醒來的時候已經是第二天清早。

我甚至都忘了原來自己就在火車上，才回過神來，就急忙向乘務員買了一杯咖啡。

3

那是一個我本來只打算享受孤獨的清晨。若不是坐在上鋪的大叔突然對我說了一堆我聽不懂的越南語，我都沒有打算要跟誰說話。

「You look like a girl from Saigon.（你看起來就像是來自西貢〔胡志明市原來的名稱〕的女生）」當大叔發現我聽不懂越南語之後，他是這麼說的。他說，大概是因爲我穿著單薄的衣服和短褲，讓他還以爲我是來自南方的越南女生。

大叔接著說，他的家在峴港，平常其實不常坐火車。這次之所以會坐上這列火車，是因爲剛剛在河內參加了一個朋友的婚禮，趕著回家，卻忘了提早購買內陸機機票，想買的時候才發現這兩天從河內回峴港的機票都已經賣完了。

及後的那段時光，大叔總是用「很久沒有機會說英語」當理由找我聊天，又說現在的工作少了很多機會用到英語，很希望可以和我繼續聊下去練習一下。但其實，與其說是在練習英語，我們更多的是在聊他的國家。

比如說，那天中午，火車越過越南中部，他興奮地指著窗外告訴我越戰時北越與南越分治的位置，又告訴我這裏附近發生過的重大歷史事件。他還說，再過一會兒，火車就會經過整條統一鐵路風景最漂亮的一段，那裏有一條很有名的道路叫作「海雲關（Hai Van Pass）」，就在抵達峴港之前。

「火車會沿著海岸線而行。」他興奮地說：「就像一列漂浮在海上的列車，也像一艘小船。」

我想，我永遠都不會忘記他說這句話時臉上那雀躍的表情。他彷彿在說著一場美好的夢，又像在說著記憶裏某個讓人難以忘記的誰。於是，我也把這段路的名字牢牢記下了——「海雲關」，那是多麼浩氣的名字。

後來他說，雀躍並不只是因為這片風景的美，而是因為海雲關就在他兒時的家的附近，所以這片風景對他來說意義非凡。他還說，即使他都已經坐過這條鐵路超過二十遍了，但每一次經過這一段路的時候，依然無比的期待。

看到大叔對於這片風景珍而重之，我不禁在想，會不會其實我們都該用這樣的方式去看待日常——哪怕日子看似不斷重複，哪怕同一條路已經走過千百遍，卻依然對前方的風景抱有期待，就好比看到那片海的他？

想著想著，火車駛進峴港範圍，大叔徐徐地告訴我，他快要下車了。於是我把我的日記本子拿出來，讓他在裏面寫下聯絡方式。

「下次，你不可以再這樣一路坐到西貢。」他邊寫邊笑著說：「下次，你一定要在這邊下車，來探我。」

「好，那當然。」我急忙微笑著點頭。

說罷，我突然有一絲捨不得。我想了好久讓我捨不得的其實是甚麼，因為那好像不只是他，也是他笑容裏散發著的溫熱，那股足以讓本來很陌生的車廂變得溫暖的溫熱。

4

大叔下車後，我的同房換成了一個扶老攜幼的越南家庭。坐在我旁邊的是一個看上去六十多歲的婆婆，帶著一個看來才兩、三歲的小女孩。

我也是後來才知道，小女孩大概是婆婆的孫女，而小女孩的父母也在車上，不過坐在另一個包廂內，還帶著另外三兩個約六、七歲的小孩。

每隔一段時間，小女孩的父母就會走過來看看，甚至也會一起坐在我對面的床鋪上，跟小女孩一起玩樂和聊天。其實他們待我都非常友善，又很賣力地嘗試跟我說話，只是我們沒有共通語言，終究還是溝通不了。於是，我就只能這樣坐在旁邊，帶著半點羨慕，默默地看著他們的天倫樂。

傍晚時分，越南家庭下車了，而我的同房就換成一個看上去約四十歲、西裝筆挺的越南男人。包廂裏只剩我們兩人，但我們都沒有說話。我看他一臉緊繃，實在不希望打擾他。

於是，我決定離開車廂，往餐卡走一圈。在那裏，我遇到了三個正在喝啤酒的大叔，他們都對我一個女生來越南坐火車很好奇，又邀請我坐下來一起喝啤酒。

我坐下來才發現其中一名大叔原來會說一點點英語。他說他們三人都是這班列車的常客，甚至是在車上認識的，因爲他們都住在北方，每星期都坐這班火車南下工作。

「在火車上認識，這件事聽起來好像很浪漫。」聽到他們的故事後，我有點感慨地說。

「浪漫？跟他們嗎？才不浪漫呢。」會說點英語的大叔笑了，又把我的話翻譯給另外兩位，他們聽到後都笑得開懷。

我也笑了，但我是真的覺得他們三人的相遇很浪漫。能夠在茫茫人海裏相遇然後成爲彼此的同伴，偶爾在火車上相聚並把酒當歌，是何等的緣分。世上有太多的相遇說起來都好像毫不費力，但其實再想想又會覺得好不容易。

和他們喝了兩、三杯之後，我想，也是時候回到車廂，看看我特地帶過來的書了。離開的時候，我跟會說一點點英語的那位大叔交換了電話。其實我也不知道交換有何意義，甚至不覺得我們會再聯繫彼此，但或許並非做每一件事情都需要一些實在的意義，又或者只是純粹紀念我們的相遇，紀念我們在同一個晚上，坐上了同一班開往胡志明市的車，分享過彼此當下的一種狀態，這就是意義。

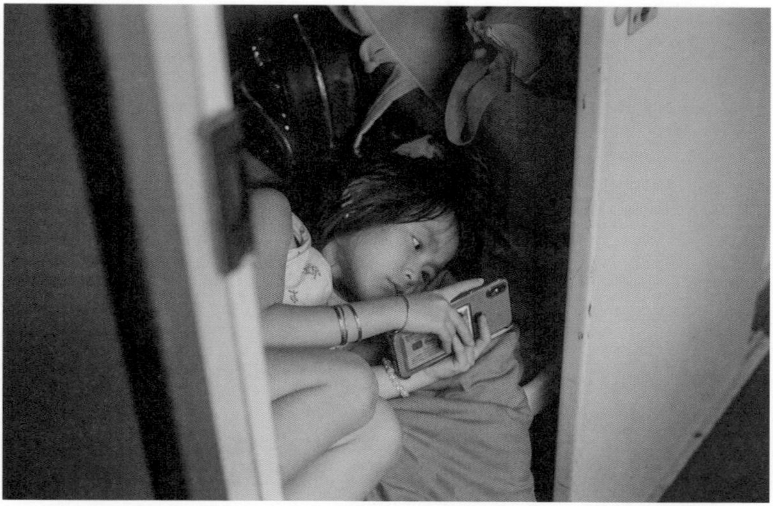

5

回到車廂後，我再也看不到剛才那個一臉緊繃的男人，大概已經下車了，而坐在我旁邊的，轉眼又換成了別人——一個看上去很年輕的女生。

女生是與一個年紀相若的男生一起上車的。他倆進房間時，看到我坐在下鋪，男生馬上皺一皺眉。他的舉動讓我以爲他們是情侶，卻又好像不是。我一直在看他們，他們之間都沒有甚麼肢體上的接觸，但看著彼此的眼神又很深邃，彷彿蘊藏了萬千話語，又彷彿在述說著許多事情。

我本來還掙扎著要不要離開房間，好讓他們能好好相處，卻又不知道該往哪裏去，直到他們突然對我說了一句越南語的話。

我搖著頭表示我聽不懂，他們才恍然大悟，察覺我並非越南人。

女生於是拿出手機，用翻譯程式對我說：「對不起，我還以爲你是越南人。你是從哪裏來的呢？」

「我是香港人。」我也用手機把這句話翻譯成越南文回答她。

她看到後靦腆地笑了，又問：「你去哪裏呢？你是來旅遊嗎？」

「我去胡志明市。是的，我是來旅遊的。那麼你呢？你去哪裏？」

「我去芽莊，那是我的家。」她報以甜甜的微笑：「歡迎你來越南玩。」

接下來，我們就這樣透過翻譯程式聊天，沒想到一聊就是整整一小時。女生每次看到我的回覆，都會馬上把手機遞給男生看，然後先互相談論一番，再把想問我的問題輸入。

那一小時，空氣彌漫一種微妙的氛圍。我們默默坐在彼此的對面，車廂內如此的寧靜，但其實越南的天氣、文化與城市特色，我們都聊過了，縱使我們一句話都沒有說出口。

那個晚上，火車抵達芽莊的時候，已經是午夜時分了。他倆下車的時候，好像有輕聲對我說了聲再見，但那時候我正睡得香甜，記憶都很模糊。躺在床鋪上睡眼惺忪的我，大概有在朦朧裏睜開雙眼回他們一句再見，因為他們的身影在人群中漸漸遠去的畫面，是我腦海裏依稀還有印象的一幕。

6

他們下車以後，就再沒有別人上車了。整個車廂，就只剩下我一人。

那一刻，其實火車已經持續行駛了超過三十小時，雖然距離終站胡志明市已經不遠，但我卻覺得好像已經過了好久好久。

寂靜的空氣裏再也聽不到遊人的喧鬧，甚至都聽不到乘務員在走廊上叫賣的聲音，只剩下轟轟的鳴笛聲。我才發現，原來，本來兩個小時的飛機航程之距，卻用了三十六個小時的火車到達，是這樣的一回事。

我突然覺得好孤獨，卻又覺得時間實在流逝得太快。我不自覺地想到了這三十六小時裏所遇見過的每一個臉孔、我們的每一刻相處、每一次對話，忽然很深切地覺得，在這火車上的三十六個小時，就像是濃縮了的人生。

於是我又想，會不會其實人生走到最後的時候，也是像這樣的？我們好像都擁有過很多，卻也帶不走甚麼。曾經遇見過的人，所做過的事，回頭看都只是過程。

想到這裏，我渾身起雞皮疙瘩了。因為我想到了生命裏遇過的每一位過客，並每一段緣分。有的明明如煙火般璀璨，卻只能留住片刻；有的看似平平無奇，卻還是能像細水般，長流至今。但無論如何，喜歡或不喜歡，最後還是會留下了幾句深刻的對白，在心內留下位置。

三十六小時的鐵路旅程，我好像看到了人生最後的樣子，也像是看到了我們生來就是不斷地觀看、嘗試、感受、收穫，然後失去。

然而，走到最後時，我們真正能夠收進口袋裏的，或許就只有回憶而已。

我好像看到了人生漫漫，
生活本來就是一場不期而遇，
每一次相遇都是一次不確定，
又每一次相遇都是一次遠行。

Take me anywhere

那次旅行，我終於做了這件一直都很想做的事，就是站在路邊，舉起拇指，截停一輛剛好駛過的車，然後對司機說：「Take me anywhere」。

已經不太記得當初是如何萌生這個念頭的。只記得那是一趟失戀療傷的遠行，我很熱切地想為自己做一件瘋狂的事。是甚麼樣的事其實都不重要，可以是一件說起來讓人詫異的事，也可以是一件從來沒有想像過自己會做的事，反正就是想找一件做了以後，足以說服自己原來日子除了眼淚以外，還有餘地留有其他的事。

於是，那個下午，我離開了青旅，來到了一個相對靠近小鎮中心的路口。那陣時陽光正好，我的左手舉著拇指，右手拿著一張寫著「Take me anywhere」的紙牌，用了好一陣子去擺平心裏的戰戰兢兢，然後擠出了一個最燦爛的笑容，面向著前方，默默地等待一輛會爲我停下的車。

約二十分鐘後，終於有一輛車靠近，那是一輛載滿遊客的旅遊巴。我與司機分明對上眼了，但他卻迅即加速把車子駛離，並沒有任何要停下的意欲。

十分鐘過後，又迎來一輛深藍色的私家車。這次司機有把車子停下來，並把頭探出窗外，問我要去哪裏。他的慈眉善目讓我本來還以爲他就是最終載我走的人，但當我說我並沒有明確的目的地，只希望遇到一個人能帶我到某個地方時，他就換上一副疑惑的臉，像是覺得我這個念頭很奇怪。然後，在對我說了一聲抱歉後，就把車子駛離了。

那一刻我在想，選擇在這小鎮截車的決定是否錯了？畢竟這裏人煙稀少，在路上的車子本來就不多，要遇到願意停下來載我的也許就更難了。

但就在此時，眼前忽然有輛小型貨車從遠方駛至，一點一點地開始減速，然後徐徐在我的跟前停下。

我急忙走上前，隔著玻璃，清楚看到司機是一個頂著一頭白髮、頭上架著一副圓圓的太陽眼鏡，看上去大概五、六十歲的大叔。我還來不及向他揮手，他就把車窗拉下來了。

「你爲甚麼要在這裏截車？」但他並沒有馬上邀我上車，只是木無表情地拋下這一句。

當下的我有點錯愕，支吾以對地告訴他我在截順風車。不過，他聽到後並沒有說話，只是默默地凝視著我手上拿著的「Take me anywhere」紙張，然後把眉頭皺起來了。

「我寫 Take me anywhere，是指我去哪裏都沒所謂。」我看他一臉疑惑，於是試著解釋。

「這是因為我今天下午並沒有甚麼計劃，也沒有特別想去的地方，所以我想試試我的運氣，看看會不會遇到誰可以帶我往外走一圈，畢竟這裏並沒有甚麼公共交通工具網絡……」我一口氣把話說完，賣力裝出一副不太在乎的模樣，但想到剛才在說完這些之後就被上一位拒絕時，頓時又覺得自己好像說得太多了。

聽到我這麼說，他還是沒有說話。我本來還以爲他的沉默不語就是拒絕的意思，沒想到他卻把車門打開了。

「上車吧。」他淡淡地說：「我現在剛好有空，可以帶你去一個地方。」

「你會載我去哪兒呢？」我一時之間反應不來，脫口而出說了這句話。

他聽到後又皺了一皺眉，像是有點驚訝我會這麼問，「你不是說去哪裏都沒所謂嗎？」

「是的。」我尷尬地抿了一抿嘴，好像露出了一個過於強烈的表情。

他卻沒有多加理會，只是轉過身來，指著後方的山嶺，問我有沒有去過那邊的前美軍基地。我說沒有，於是他說可以帶我去看看。

就這樣，我坐上了他的車，越過了整個小鎮，來到小鎮的盡頭，一步一步地靠近背後的荒原。那裏有一個杳無人煙的山頭，裏頭有間破破爛爛的房子，地上都是滿是塗鴉的空罐子。他把車子停下來，告訴我那就是二戰時期，美軍用來測試武器的其中一個基地。

我們在那破舊房子逛了一圈，就回到車上了。然後，他載著我再一次翻山越嶺，來到小鎮的另一端。那裏有一個港口，停滿大大小小的輪船。他說，晚秋的港口總是繁忙，因為這裏的夏季很短，十一月底開始就進入永夜。漁民們都趕緊在步入寒冬前，捕最多的魚類與海產，好讓居民有充足的食物過年。

那一刻我才記起，我現在身處的地方距離世界盡頭原來是多麼的近。

我走在他的旁邊，一步一步走到港口中央的碼頭，那時候已經將近黃昏，日落好美，但我們都沒有說話，就只是靜靜地看著陽光散落在水面上的粼光，看得出了神。

再過了一會兒，他緩緩地說，是時候回去了。我說好，我們回去吧。就這樣，我最後一次坐上他的小型貨車。他把我送回青旅附近的那個路口，我們又回到了最初的起點。

也是那時候他才告訴我，原來他並不是這裏的原居民，甚至不是歐洲人。他是美國人，不過因爲工作的關係，已住在這裏數十年了。他並沒有直接告訴我跨越大半個地球在這裏做的是甚麼工作，只說是跟科研相關。我本來還想問他有關工作的事情，但他馬上把話題轉移了，於是我也沒有再追問。

離別之時，我們並沒有合照，也沒有交換聯絡方式，我甚至沒有問他的名字，我們就只是純粹地揮手作別。不過，我倒是由衷地對他說了很多遍謝謝，謝謝他完整了我的瘋狂，謝謝他陪我走過了這樣的一段路。

步行回青旅的路上，我才緩緩地意識到這趟旅程至此，原來我已經在不知不覺裏放下了許多。

我好像看到了人生漫漫，生活本來就是一場不期而遇，每一次相遇都是一次不確定，又每一次相遇都是一次遠行。我們生來都是大千世界裏的微塵，在光年裏，在年華間，我們跟日子就只是擦身而過而已，並沒有誰能夠永遠存在，也沒有誰能夠永遠陪伴著誰。

這樣想來，人生似乎有很多的事情，本來就該像截順風車一樣，在賭上了信任之後，就只能順風而去。

想到這裏，我突然覺得好像已經走了很遠很遠，遠得足以停下腳步，然後回看過去走過的路。

我架上了耳機，重複地播放林一峰的《離開是為了回來》，聽到了「歡樂太短為了回憶千次」時，我還以為自己都會像以往般不住地流下眼淚，但我並沒有。

這樣想起來，那段日子好不真實，看似極其遙遠，卻又近在眼前。

GUCCI
LBT (J)
10711

後記——書寫本來就是一場夢

謝謝你把這本書看完，成爲我夢想的一部分。

完成這本旅遊散文集，是從初春到初夏的事。那段日子，大概是我在公開考試以外，生活過得最自律的時光。白天上班總是忙碌，晚上又在忙著各樣的事情，所以，書本裏的大部分文章都是在移動的過程裏寫成的。搖晃的巴士上、擁擠的地下鐵裏、土耳其的火車上、飛往泰國的航機上等等，在季節與季節之間，在地方與地方之間，到處都是書寫的記憶。

還記得終於把所有稿都寫完的那一刻，我身處從越南回香港的航機上，突然有一種很強烈的感覺，發現原來這本書也像我的人生，總是在路上，本來就是一個一直往前邁進的過程。

我才緩緩地意識到，原來我已經不知不覺走了那麼遠。

書寫於我而言，其實從來都是一場夢。還記得剛剛開始下筆寫這本書時，我屢屢想起小時候曾經熱切地夢想過當作家，那是一個我近乎都已經忘記了的夢。那時候開始寫作的契機是這樣的：小學時候，我有幸與家人去了一趟馬來西亞的浮羅交怡旅行。回來後，我在學校校內的作文比賽遞交了一篇文章，講述那趟旅程中的見聞，沒料到的是，我居然憑著那篇文章在比賽中拿到了名次。雖然就只是一個小小的校內作文比賽，但對於那時候十歲還不到的我來說，那樣的肯定就像爲我對文字的熱愛打了一支強心針，亦爲我打開了寫作這一扇門。於是，我漸漸養成了閒時寫字的習慣，偶爾會把寫好了的文章投稿到那時候我很喜歡看的兒童文學月刊《木棉樹》。那時被編輯刊登過的文章，直到現在我還捨不得丟掉。

這樣想來，我寫作的旅程，原來也是從一躺旅行開始。那時候又怎會想得到，那趟旅行居然能帶我走到這麼多年後的今天？

謝謝蜂鳥出版，特別是編輯 Raina，邀請我完成這一場藏在心底裏已久的夢，容忍我底線交稿，亦給予我極大的信任與自由度。沒有你們，或許我就只會把寫書的這個夢一直擱下，而這本書亦不會出現。

謝謝被我寫進書裏的每一個人，也許我不曾這樣對你們說，但在旅途上遇上你們，是我莫大的福氣。相信看完這本書的你們也會知道，其實你們所說過的話、我們一同經歷過的事情，經已默默地支撐我走過好些日子，一直滋養著我的人生。

最後，謝謝最疼我的家人，若不是你們一直都給予我如此大的自由度、愛與包容，我並不會成爲今天那個熱愛旅遊、捨不得離開文字與攝影、一直寫旅遊散文到現在的女生。

現在這一切一切，都已經變成了我的一部分了。

最後，容許我引用電影 *Nomadland* 裏我很喜歡的一句話，跟你們說聲，See you down the road，路上再見。

願我們一路走來，都能繼續當個有靈魂的人。

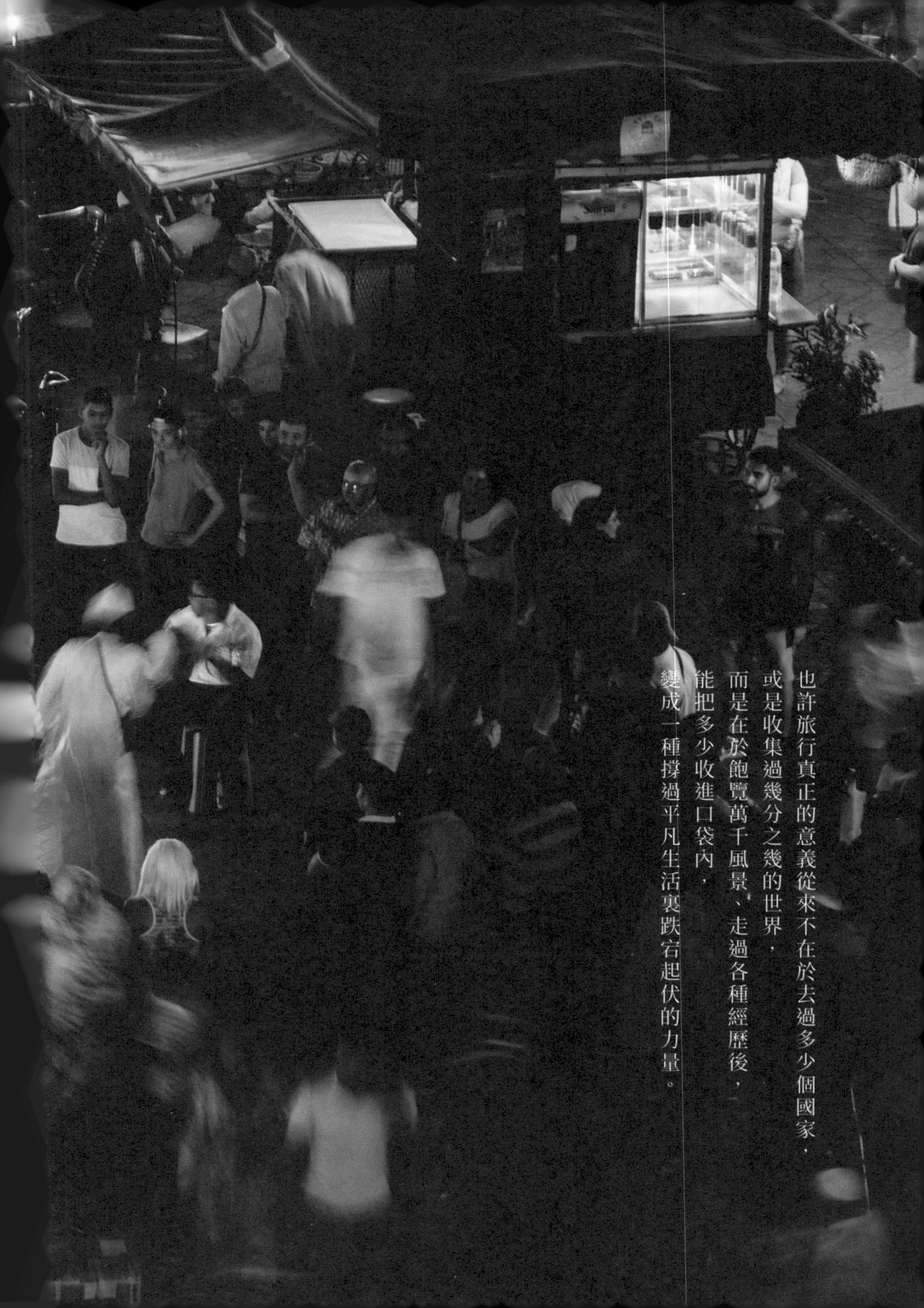

也許旅行真正的意義從來不在於去過多少個國家，
或是收集過幾分之幾的世界，
而是在於飽覽萬千風景、走過各種經歷後，
能把多少收進口袋內，
變成一種撐過平凡生活裏跌宕起伏的力量。

是旅行也是人生

作　　者　Victoria 楊逸晴
責任編輯　吳愷媛
書籍設計　WhitePlainNoodles

蜂鳥出版
HUMMING PUBLISHING
在世界中哼唱，留下文字迴響。

出　　版　蜂鳥出版有限公司
電　　郵　hello@hummingpublishing.com
網　　址　www.hummingpublishing.com
臉　　書　www.facebook.com/humming.publishing/

發　　行　泛華發行代理有限公司
圖書分類　①旅遊　②散文　③流行讀物
初版一刷　2024 年 7 月

定　　價　港幣 HK$138　新台幣 NT$690
國際書號　978-988-70629-4-3